AF595381

Herzsprung
Verlag

Impressum:

Alle weiteren Personen und Handlungen des Buches sind frei erfunden.
Ähnlichkeiten mit lebenden oder verstorbenen Personen sind
zufällig und nicht beabsichtigt.

Besuchen Sie uns im Internet:
www.herzsprung-verlag.de
www.papierfresserchen.de

Mühlstraße 10, D- 88085 Langenargen
info@papierfresserchen.de

Erstauflage 2022

Cover gestaltet mit Bildern: © NilsZ, © Vincent und © FurryFritz,
alle Adobe Stock lizenziert
Lektorat + Herstellung: CAT creativ - www.cat-creativ.at

Gedruckt in Polen

ISBN: 978-3-98627-030-8 - Taschenbuch
ISBN: 978-3-98627-031-5- E-Book

Hund und Katze, nicht normal!

Chris Herdo

Herzsprung-Verlag

Inhalt

Jedem Ende folgt ein Anfang

„Ein American Staffordshire Terrier jammert nicht“, dachte Rupp und besah sich mit schmerzverzerrtem Gesicht zum hundertsten Mal seine klaffende und entzündete Wunde auf der linken Schulter. Seit Tagen wollte sie nicht heilen und brannte entsetzlich.

In der Ferne hörte er ein Auto heranpreschen. Dessen Reifen quietschten, als es durch die Kurve raste. Der geschwächte Hund richtete sich auf, lief mit breiter Brust bis an den Fahrbahnrand und wedelte aufgeregt mit seinem Schwanz hin und her. Rupp hoffte, von den Menschen in diesem Auto gesehen zu werden. „Es wäre so schön, wenn endlich jemand anhielte und mir die Freiheit schenkte“, dachte er. Eine liebe Familie, die er beschützen könne, müsste es sein. Wie oft hatte Rupp in den Tagen seiner Gefangenschaft diesen Traum geträumt?

Dann aber schien ein Wunder wahr zu werden, denn das Auto bremste ab, wurde langsamer und hielt am Straßenrand an. Der American Staffordshire Terrier tänzelte ungeduldig auf seinen Pfoten. Er sah vor seinem geistigen Auge, wie er ihren Hof bewachte, sah, wie er mit ins Haus durfte und wie er mit den Kindern im Wald herumtobten konnte.

Ein Mann mit dem Bauch eines Bierfasses zwängte sich auf der Fahrerseite zur Autotür heraus. Gleichzeitig wurden die beiden hinteren Türen aufgestoßen und ein Junge und ein Mädchen stiegen aus. Unter ihren Anoraks schienen auch sie Bierfässer zu verbergen, nur etwas kleinere.

Der dicke Mann, Rupp vermutete, dass das der Vater der beiden Kinder war, lief voran. „Na, Hund, wie ist das so, wenn man angebunden ist?“, rief er aus einiger Entfernung.

„Vorsicht, Paps, du hast gehört, was Mutter gesagt hat!“, warnte das Mädchen ihren Vater. „Das ist ein Kampfhund!“

Rupp horchte auf. Er hasste dieses Wort wie kein anderes. „Es gibt keine Kampfhunde!“, knurrte er leise. „Es gibt nur kräftige Hunde, die von dummen Menschen zu Killern erzogen werden. Kein Hund kommt als Kampfhund auf die Welt!“ Wer konnte das besser wissen als er selbst?

„Der kann uns nichts tun!“, schnaufte der dicke Vater.

„Hier, Paps!“, sagte der Junge und zog aus dem Straßengraben einen abgebrochenen Ast, der einst zu einem der vielen, an der Straße stehenden Apfelbäume gehört haben musste.

„Lass nur, mein Sohn, die Bestie ist angebunden. Wir sehen uns die mal aus der Nähe an!"

Rupp verstand gar nichts mehr. Wieso nannten diese Leute ihn einen Kampfhund? Und wieso beschimpften sie ihn als Bestie? Sie kannten ihn doch gar nicht. Er hatte weder den Mann noch dessen Kinder jemals in seinem Leben gesehen. Das wusste er genau. Auf sein Gedächtnis konnte er sich verlassen. Rupp wusste, dass er noch nie einem Menschen ein Leid zugefügt hatte. Sein altes Herrchen hatte ihn streng erzogen, war aber auch immer nett zu ihm gewesen. Rupp hatte es viel Spaß bereitet, dessen Anweisungen zu folgen. Es glich einem Spiel. Sie waren nicht nur Herrchen und Hund, sie waren Freunde, die sich gegenseitig achteten und die sich zu jeder Zeit aufeinander verlassen konnten.

Der dicke Mann und seine dicken Kinder kamen immer näher. Was wollten sie von ihm? Rupp ängstigte sich und begann, am ganzen Körper zu zittern.

„Na, du Bestie! Wie viele Menschen hast du schon gebissen? Hast du schon einen zerfleischt?" Der Mann grinste, sodass seine Mundwinkel zu seinen großen, roten Ohren krochen. „Wer hat dir die gerechte Strafe auferlegt und hat dich hier angebunden? Geschieht dir ganz recht, du Bestie!"

„Hier, Paps, nimm den Ast!", sagte erneut der Junge und hielt seinem Vater den Ast hin.

„Den brauche ich nicht!", maulte der Mann und spuckte zu dem Hund.

Die Kinder kicherten.

Rupp, der den Baum, an den er angebunden worden war, schon tausendmal verflucht hatte, war in diesem Augenblick froh, dass es ihn gab und er sich hinter ihm verstecken konnte.

Der Junge fuchtelte mit dem Ast vor der Nase des American Staffordshire Terriers herum. Jedoch gelang es dem Hund, mit seinem durchtrainierten Körper geschickt diesem auszuweichen.

Das Mädchen nahm seinen Kaugummi aus dem Mund und warf nach dem verängstigten Tier, als vom Auto her eine Frauenstimme zu hören war. Sie rief, dass es Zeit wäre, endlich weiterzufahren. Der Köter würde schon irgendwann verhungern.

„Dich sollte man einschläfern!", zischte der Mann, bevor er sich endlich von Rupp abwendete. Schnaufend schleppte er seinen dicken Körper zum Auto. Dabei stieß er riesige Atemwolken aus.

Das Mädchen streckte Rupp die Zunge raus und zog dazu eine hässliche Grimasse, bevor sie ihrem Vater folgte. Der Junge indessen hielt den Ast wie einen Speer, zielte und warf ihn in Rupps Richtung. Der konnte sich durch einen kleinen Sprung noch rechtzeitig in Sicherheit bringen. Mit aufheulendem Motor fuhr das Auto mit den Menschen davon. Es wurde auf der langen Landstraße immer kleiner, schrumpfte zu einem immer winziger werdenden Punkt, bis es von Rupps scharfen Augen nicht mehr gesehen werden konnte.

Der American Staffordshire Terrier schüttelte sich und legte sich hinter den Baum. Er drückte sich fest an den harten Boden. Sein Magen rumorte vor Hunger. Rupp war traurig und fror. So blieb er liegen, schloss seine Augen und bemerkte gar nicht, wie sich der Tag verabschiedete und die Nacht ihren Sternenteppich über ihn ausbreitete.

Rupp sah nicht einmal mehr auf, wenn er ein Auto hörte. Im Gegenteil, er drückte sich nur noch dichter an den kalten, harten Erdboden. Er wünschte sich nur eins: einschlafen und nie wieder aufwachen. Doch zu sterben war genauso schwer, wie am Leben zu bleiben.

In seinem Kopf spukten wilde Gedanken herum. Bilder taten sich auf. Solche, die er schon fast vergessen hatte, und solche, die ihm vorkamen, als hätte er sie erst gestern gesehen. Rupp schlief erschöpft ein.

Plötzlich sah er, wie sein altes Herrchen ihn als kleinen Welpen in einem Körbchen von einem Züchter zu sich nach Hause holte. Sein alter Herr hatte ihm einmal gesagt, dass seine Frau gestorben sei, er aber nicht alleine leben wolle und auch nicht alleine leben könne. Viele Jahre während seiner Ehe hatte er sich einen Sohn gewünscht. Dieser hätte Rupert heißen sollen. Doch seine Frau konnte keine Kinder bekommen. Irgendwann hatten sie sich damit abgefunden. Sein Herrchen überlegte, wie er den Welpen nennen sollte. Er hielt Rupert als Name für einen Hund ungeeignet. Außerdem könne ein Hund kein Kind ersetzen. Jedoch Rupp, das klänge gut und würde irgendwie zu dem kurzhaarigen, goldbraunen, fast kupferfarbenen Welpen mit dem weißen Lätzchen passen.

Rupps Herrchen war immer streng, aber auch immer gut zu ihm gewesen. Er brachte dem jungen American Staffordshire Terrier alle Kommandos bei, die ein gut abgerichteter Hund befolgen können solle. Rupp lernte, sich bei dem Kommando *Platz* auf seine Pfoten zu legen, beim Kommando *Sitz* zu sitzen und bei dem Wort *Bring* zu holen, was sein Herrchen weit weggeworfen hatte. Rupp ließ den apportierten Gegenstand aus seiner Schnauze fallen, wenn sein Herrchen das Wort *Aus* sagte.

Rupp lernte aber auch, Hindernisse zu überspringen und mit seiner Nase einen Gegenstand aufzuspüren, den sein alter Herr zuvor versteckt hatte. Ihm wurde beigebracht, nicht zu reagieren, wenn ihn ein anderer

Hund anbellte oder ihn ein Mensch anbrüllte. Der junge Hund lernte auch, keinen noch so verführerischen Leckerbissen von einem Fremden anzunehmen. Damit Rupp sich nicht so einsam vorkam, kaufte der alte Herr bei einem Züchter noch einen weiteren American Staffordshire Terrier-Welpen, ein Weibchen. Ihr gab der alte Mann den Namen Elise, so wie sein Lieblingsklavierstück hieß, das er sehr oft hörte.

Rupp und Elise vertrugen sich von Anfang an sehr gut miteinander. Der Rüde mochte die Hündin sehr, fühlte sich wie ihr älterer Bruder.

Der alte Mann, Rupp und Elise verbrachten viele Stunden in der Natur. Die jungen Hunde tobten auf saftig grünen Waldwiesen durch den nahen Buchenhain und absolvierten täglich ihr Pensum auf dem Hundeübungsplatz. Es war die schönste Zeit in Rupps Leben.

Doch kann es nicht immer nur sonnige Zeiten geben. Für niemanden auf dieser Welt. Auch nicht im Leben eines Hundes. So kam es, wie es einmal kommen musste, jedoch für den jungen Rupp und für die kleine Elise viel zu früh: Ihr Herrchen, das schon sehr alt war, lag eines Morgens in seinem Bett und atmete nicht mehr. Die beiden American Staffordshire Terrier wussten sofort, was passiert war.

Der Nachbar ihres Herrchens brachte die jungen Hunde in ein Tierheim. Das war schon schlimm genug für Rupp. Doch sollte es noch schlimmer kommen. Weil das Tierheim aus allen Zäunen platzte, wurde Elise in ein anderes Tierheim gebracht. Ihren traurigen Blick bei ihrer Trennung würde Rupp bis an sein Lebensende nicht vergessen. Seit diesem Tag hatte er seine Elise nicht wiedergesehen, aber täglich an die junge American Staffordshire Terrierhündin gedacht.

Rupp erwachte durch das Gekrächz einer aufgeschreckten Krähenkolonie. Er öffnete seine Augen und richtete sich auf. In weiter Entfernung von der Landstraße, in einem Tal, lief eine Gruppe Männer über einen Acker, der noch von zahlreichen kleinen, schmutzigen Schneeinseln bedeckt war. Die Männer schwangen Knüppel und brüllten um die Wette. Was sie riefen, konnte Rupp nicht verstehen.

Er wollte laut bellen, um so ihre Aufmerksamkeit auf sich zu lenken. Doch plötzlich fiel ihm wieder ein, dass Vorsicht geboten war. Rupp erinnerte sich an das gestrige Ereignis, als er wieder einmal erleben musste, dass nicht alle Menschen gut waren. Dass nicht alle Menschen schlecht waren, hatte er schon sehr früh durch sein altes Herrchen bewiesen bekommen.

Der American Staffordshire Terrier legte sich hinter den blattlosen Apfelbaum, an den er angebunden worden war, und presste seinen Körper auf den Boden. Rupp fror, obwohl die Tage deutlich länger wurden, die ersten Vögel aus ihren warmen Winterquartieren zurückgekehrt waren und ihre schönsten Frühlingslieder übers Land trillerten. In den Nächten jedoch gab es immer noch Frost.

Rupp ließ die Männer nicht aus seinen Augen, bis sie im bewaldeten Berg hinter dem Acker verschwanden. Er wusste nicht mehr, was er tun sollte. Vergeblich versuchte er noch einmal, sich von dem Baum loszureißen. Doch der dicke Strick um seinen Hals hielt. Von nun an versteckte sich Rupp hinter dem Baum und presste sich auf den gefrorenen Erdboden, wenn sich in der Ferne Autos ankündigten.

So verging auch dieser Tag für Rupp. Was blieb, war sein Hunger. Wie lange würde er noch ohne Nahrung überleben können? Die nächste Nacht brach herein und der Hund konnte lange Zeit nicht einschlafen. Sein Magen verkrampfte sich, peinigte Rupp mit starken Schmerzen und hinderte ihn so am Einschlafen. Als die letzte Stunde des Tages anbrach, übermannte der Schlaf doch noch Rupps geschwächten Körper.

Im Schlaf sah er sich, wie er im Tierheim einst durch die Gitterstäbe seines Käfigs zu einem strahlend blauen Himmel starrte. Die Sonne gab sich besonders viel Mühe an diesem Tag. Die Angestellten des Tierheimes mussten mehr als sonst die Blumenrabatten gießen. Sie mussten auch die Tiere mit mehr frischem Wasser versorgen. Rupp hoffte seit unzähligen Tagen im Tierheim, es möge ein guter Mensch kommen, so einer wie sein alter Herr es gewesen war, und ihn zu sich nach Hause holen.

Nur eine Woche später, es war wieder ein sonnendurchfluteter Sommertag, sollte sich Rupps sehnlichster Wunsch erfüllen. Ein maulfauler, vierschrötiger Mitarbeiter des Tierheimes schob um die Mittagszeit schweigend Rupp den Futternapf mit einem fleischähnlichen Brei in den Käfig. Der junge Hund hatte den Napf noch nicht ganz leer gefressen, als er Stimmen hörte, die er noch nicht kannte. Sie drangen immer näher an seine Ohren. Plötzlich standen die immer lächelnde Frau vom Tierheim und zwei ihm unbekannte Männer vor seinem Käfig. Bei der Frau war er einst vom Nachbarn seines alten Herrchens abgegeben worden.

„Schau mal, du kleiner Racker, hier sind zwei junge Männer, die dich gerne mitnehmen würden! Da musst du dich jetzt mal von deiner besten Seite zeigen!“

Die zwei Männer mit sehr kurzen Haaren grinsten durch die Gitterstäbe. „Na endlich, das ist ja ein Hündchen, wie wir es schon lange suchen“, sagte der große, etwas dünnere Mann zu dem kleinen, etwas dickeren, der mit offenem Mund auf einen Kaugummi schmatzend herumkaute.

„Genau, der ist noch jung genug, um zu kapieren, was wir von ihm wollen“, nuschelte der kleine Dicke.

Rupp gehörte von diesem Tag an den beiden jungen Männern. Schnell erkannte der American Staffordshire Terrier, wer von den beiden das Sagen hatte. Von seinen beiden Besitzern war der große, etwas dünnere Mann der Anführer.

Rupp schien es wieder gut zu gehen. Schnell vergaß er die vielen Tage hinter dem Maschendraht seines Käfigs im Tierheim. Einsam zu sein, war schlimm. Noch schlimmer aber war es, einsam und eingesperrt zu sein. Das neue Zuhause war zwar auch nur ein Käfig, aber viel größer und mit einer geräumigen Hütte darin. Und er durfte seinen Käfig viel häufiger verlassen als den im Tierheim. Rupp konnte mit seinen Besitzern in deren großen Garten hinterm Haus herumtoben und beweisen, wie schnell er war. Der junge Hund war froh darüber, gutes Futter und vor allem viel schmackhaftes, mageres Fleisch gefüttert zu bekommen. Immer wieder erhielt er auch Rinderknochen, an den genug saftiges Fleisch hing, das er abknabbern konnte. Doch am schönsten war es für den American Staffordshire Terrier, wenn er in den Garten gelassen wurde – ohne Leine, ohne Maulkorb. Rupp glaubte, im Paradies zu sein und die besten Besitzer bekommen zu haben, die es auf der Welt gab.

So verblassten allmählich auch die wehmütigen Gedanken an sein altes Herrchen, ohne jedoch völlig aus seinem Gedächtnis zu verschwinden. Nach einiger Zeit schien sich sein Glück noch einmal zu steigern. Der American Staffordshire Terrier durfte plötzlich nicht mehr nur im Garten herumtoben, sondern auch in der Natur. Dazu fuhren die Männer mit ihm öfters, egal, ob es regnete, stürmte oder die Sonne brannte, mit ihrem Jeep tief in den Wald hinein zu einer versteckt liegenden Lichtung. Die dortige große Wiese wurde zu Rupps Lieblingsplatz.

Der junge Hund apportierte seinen Besitzern dicke, kurze Eisenstangen. Außerdem sprang er nach kleinen Fleischstücken, die von den beiden Männern an Äste gebunden wurden. Von Mal zu Mal wurden die kleinen Leckerbissen höher an den Bäumen befestigt. Doch Rupp entwickelte großen Ehrgeiz, alle ihm gestellten Aufgaben so gut wie möglich zu erledigen.

Eines Tages begann sich der American Staffordshire Terrier über die Aufgaben zu wundern, die ihm seine Besitzer stellten. Sie hetzten ihn auf einen mit Rinderblut beschmierten Stoffhund, der an einem Ast eines Baumes hing. Um die jungen Männer nicht zu verärgern, tat er, was sie von ihm verlangten, und Sekunden später hatte Rupp den Stoffhund zerfetzt. Überall lagen künstliches Fell und Strohwolle herum.

Rupp war verblüfft, weil er dafür sehr gelobt wurde. Lachend prophezeiten ihm die jungen Männer, dass er ihnen einmal sehr viel Geld einbringen würde.

In den nächsten Tagen musste Rupp gegen einen Mann kämpfen, der in einem gepolsterten Anzug steckte. Der American Staffordshire Terrier fand das merkwürdig. Warum sollte er gegen einen Mann kämpfen, der ihm nichts getan hatte? Nach kurzem Sprint brachte er den Gegner mühelos zu Fall.

Rupp entwickelte sich zu einem muskulösen Hund mit einem kräftigen Kiefer, einem breiten, starken Nacken und einer enormen Sprungkraft. Allein durch seine Statur musste er keinen Gegner fürchten.

Oft lag er abends in seinem geräumigen, mit Stroh ausgelegten Zwinger und dachte über sein Leben nach. So glücklich wie in den ersten Tagen und Wochen war er nicht mehr. Das lag vor allem daran, dass er noch nicht wusste, warum er so hart trainieren musste und wieso er einmal viel Geld einbringen würde. Beklagen konnte er sich aber auch nicht. Die beiden jungen Männer gaben ihm reichlich und abwechslungsreiches Futter und mehrmals täglich frisches Wasser.

Nach einiger Zeit, die Sonne war längst nicht mehr so kräftig und verabschiedete sich auch viel früher als noch vor wenigen Wochen, fuhren seine Besitzer mit Rupp sehr weit fort. Wie weit, wusste der American Staffordshire Terrier nicht, aber es dauerte sehr lange, bis der Jeep anhielt. Auf dem Hof eines Fabrikgeländes suchte der kleine Dicke nach einer Parklücke. Unzählig viele Autos standen bereits dort. Aus einer der vier flachen Fabrikhallen hörte Rupp lautes Hundegebell.

„Was wird mich hier erwarten?“, überlegte er. Konnte er endlich mit anderen Hunden herumtoben?

Seine Besitzer legte ihm die Leine an und gingen mit Rupp in die Fabrikhalle. Ein Menschenpulk hatte sich in der Mitte der leeren Halle versammelt. In mehreren Kreisen standen sie um etwas, was Rupp nicht erkennen konnte. Nur lautes Hundegebell, lautes Gegröle und Geschrei der Menschen drang an seine Ohren.

Plötzlich schrie etwas in sehr hohen Tönen auf. Es übertönte sogar noch den Lärm, der zuvor die Halle ausgefüllt hatte. Mit einem Male wurde es ruhiger. Die Menschen bildeten eine Gasse zur Mitte. Von dort aus wurde von mehreren Männern ein blutender Hund fortgetragen. Rupp hörte, wie sie ihn lobten, er wäre der Champion!

Der American Staffordshire Terrier sah mit Schaudern den übel zugerichteten Hund. Er empfand Mitleid mit ihm. Wer hatte ihn so zugerichtet? Wie ein Champion sah er wirklich nicht aus.

Einige Augenblicke später wurde ein weiterer Hund aus der Halle gebracht. Ihn schleiften zwei Männer an den Hinterpfoten über den kalten Beton. Eine Blutspur blieb zurück. Der Hund war tot.

Rupp wusste nun, was sich hier ereignet hatte. Sollte er auch an diesen Kämpfen teilnehmen müssen? Niemals würde er grundlos gegen einen anderen Hund kämpfen.

Rupps Körper jaulte auf und zuckte dabei wie vom Blitz getroffen. Wie oft hatte ihn schon dieser Traum aus seiner Vergangenheit gequält? Der American Staffordshire Terrier wälzte sich auf dem gefrorenen Boden herum und winselte wie ein geprügelter Hund.

Von irgendwoher hörte Rupp plötzlich eine weibliche Stimme. Sie drang immer deutlicher an seine Ohren. Es war kein Traum mehr. Noch benommen öffnete er seine Augen. Nur einige Sekunden später war er hellwach. In diesem Augenblick wusste er, dass er noch an den Baum gebunden war und er alles nur geträumt hatte.

Doch was war das?

Vor ihm stand in sicherer Entfernung eine Katze, die ihren getigerten Kopf mit zwei kleinen schwarzen Fleckchen auf der Stirn hin und her wiegte. Sie schien aus der Entfernung fast nur getigertes Fell zu haben. Außer den Fleck auf der Stirn konnte Rupp nur noch erkennen, dass ihre Pfotenspitzen weiß waren.

„Na, Hündchen, von einer Mieze geträumt?“, knurrte sie.

„Lass mich in Ruhe! Verschwinde!“ Rupp hatte noch nie eine Auseinandersetzung mit einer Katze gehabt. Er ignorierte Katzen. Er hasste sie nicht, wie man es von einem Hund annehmen konnte. Jedoch gab es auch keinen Grund für ihn, Katzen sonderlich zu mögen. Warum er aber gerade diese Katze nicht mochte, war etwas anderes: Die Tatsache, an einen Baum gebunden zu sein, irgendwie hilflos, war für ihn als Hund eine große Schande. Es war einfach so, dass er sich seiner misslichen Lage wegen schämte.

Die Katze tippelte einige Schritte auf Rupp zu. „Warum so aggressiv, Süßer? Du machst mir keine Angst, du stillgelegtes Kampfhündchen!“

Das war zu viel! Rupp sprang wütend der Katze entgegen. Dabei vergaß er den Strick an seinem Hals. Doch ein starker, würgender Schmerz erinnerte ihn sofort wieder daran. Der American Staffordshire Terrier schäumte vor Wut und bellte wie nie in seinem Leben zuvor. Es musste bis in den nächsten Ort zu hören gewesen sein. Wäre die Katze von ihm erwischt worden, wäre es ihr nicht gut ergangen. Doch so konnte er nur bellen.

Plötzlich machte die Katze einen Buckel und ihr schönes Fell sträubte sich in alle Himmelsrichtungen, dann setzte sie zu einem Sprung an. Rupp konnte gar nicht so schnell reagieren. Die fauchende Katze landete direkt vor seiner Schnauze. Bevor er sich versah, bekam er ihre Pfoten in seinem Gesicht zu spüren. Schmerzlich fühlte der American Staffordshire Terrier, wie ihm messerscharfe Krallen dicht an seiner Nase vorbei über seine Wange zogen. Noch bevor er nach der Katze schnappen konnte, sprang sie zurück in sichere Entfernung. Immer noch fauchte sie wie tollwütig – und er bellte, als ginge es um sein Leben. So dauerte es eine ganze Weile, bis sie nach und nach leiser wurden und schließlich verstummten.

Rupps Wange brannte und ihm wurde schwarz vor Augen. Kraftlos und erschöpft sackte er zu Boden. Es waren bereits drei oder vier Tage vergangen, an denen er nichts gefressen hatte.

„He, Hündchen, was ist mit dir?“, fragte die Katze. „Komm, wach auf und lass uns Frieden schließen.“

Als Rupp endlich seine Augen öffnen konnte, stand die Katze neben ihm. Er war zu schwach, um sich sofort auf sie zu stürzen, was sie wohl spürte. „Was willst du noch hier?“, keuchte der American Staffordshire Terrier. „Du siehst doch, wie es mir geht. Spar dir deine Häme.“

„Jammer nicht rum!“, entgegnete ihm die Katze. „Warum haben wir uns benommen wie Todfeinde? Wir kennen uns doch gar nicht!“

„Das liegt vielleicht an unserer Herkunft“, vermutete Rupp. „Wir haben uns verhalten wie Hund und Katze! Es muss vielleicht so sein, dass wir Hunde euch hassen.“

„Das liegt höchstwahrscheinlich an unserer Überlegenheit euch gegenüber! Es ist nichts als der pure Neid!“, miaute die Katze und grinste schelmisch.

„Ich bin zu schwach, um mit dir über die Dinge des Lebens zu diskutieren. Nur eins noch: Wieso behauptest du, ihr Zwergtiger wäret uns überlegen?“

Die Katze hatte einen kleinen, glitzernden Granitstein gefunden. Daran wetzte sie sich gelangweilt ihre Krallen. „Glaubst du, Hündchen, dass wir Katzen uns den Menschen so unterwerfen würden, wie ihr es tut? Hast du schon einmal gesehen, dass eine Katze einem Menschen ein Stöckchen holt, das dieser weggeworfen hat? Niemals. Wer sind wir denn? Mir sind übrigens die Menschen egal. Dazu habe ich zu viel erlebt. Jedoch, es soll auch einige meiner Artgenossen geben, das gebe ich zu, die gut mit ihnen zusammenleben können. Dabei würden sie aber niemals ihre natürliche Identität aufgeben. Nicht so wie es alle Hunde tun!“

„Aber wir, wir Hunde, stammen vom kräftigen, schlauen Wolf ab. Ist dir das klar?“

Die Katze kicherte und schüttelte ihr Köpfchen. „Was ist denn vom Wolf in euch übrig geblieben? Das Einzige, was ich wüsste, wäre das Schwanzwedeln! Das ist aber auch schon alles!“

„Ich bin zu schwach, um zu streiten“, stöhnte Rupp. „Bitte geh jetzt. Ich möchte in Ruhe sterben. Schließlich ist es mein Schicksal, hier zu verhungern!“

Seine dunklen Augen sahen müde aus und sein Blick wirkte leer. „Sag mir noch, wie du heißt! Du bist vermutlich das letzte Lebewesen, mit dem ich gesprochen haben werde.“

Die schlanke Katze rieb sich ihre rechte Pfote an ihrem getigerten Brustfell und besah sich ihre gefeilten Krallen. „Ich heiße Bella Luna!“

„Was ist das denn für ein Name?“, knurrte Rupp.

„Wie heißt du denn?“

„Ich heiße Rupp. Das ist wenigstens ein ordentlicher Name. Aber Bella Luna …“

„Hör zu, Hündchen!“

„Nenn mich bitte nicht Hündchen. Das ist so erniedrigend. Ich sagte dir doch, wie ich heiße!“

„Na gut, Hündchen, ’schuldigung, Rupp. Bella Luna ist mein Künstlername.“

Rupp verdrehte seine Augen. „Wieso hast du dir einen Künstlernamen zugelegt? Und was für eine Kunst betreibst du denn?“

„Ich bin Hellseherin. Ich kann viele Dinge vorhersehen. Und der Name Bella Luna, fand ich, passt gut zu mir. Das kommt aus dem Italienischen und bedeutet so viel wie schöner Mond. Erstens bin ich nun wirklich nicht hässlich und zweitens erblickte ich das Licht dieser Welt in einer lauen Vollmondnacht. Das jedenfalls hat mir meine Mama gesagt. Natürlich hatte ich auch mal einen richtigen Rufnamen. Auf den kann ich aber gut und gerne verzichten.“

„Warum hast du den denn nicht behalten?“, fragte Rupp, der seinen Hunger fast vergessen hatte und immer noch nicht richtig verstand, warum sich jemand einen Künstlernamen zulegen musste.

„Möchtest du von jedermann Muschi gerufen werden? Also ich kenne ein Dutzend Katzen, die auf den Namen Muschi hören müssen. Eins ist aber sicher: Darunter befindet sich nicht eine, die auf diesen Namen stolz wäre. So, Rupp, was soll nun werden? Ich kann dich doch nicht hier zurücklassen. Ich muss aber weiter. Mich zieht es in die nächste Stadt. Dort wird sich eine Bleibe und etwas Fressbares finden. Das habe ich deutlich vorausgesehen."

„Lass mich in Ruhe sterben. Lebe wohl, Bella Luna!"

„Wie alt bist du eigentlich?", fragte die Katze.

„Fünf Hundejahre alt! Alt genug zum Sterben."

„Umgerechnet in Menschenjahren wären das ungefähr fünfunddreißig Jahre! Da hast du noch die Hälfte deines Lebens vor dir! Zeit genug, noch etwas aus deinem Leben zu machen!"

„Ich werde den Rest meines Lebens hier an einen Baum gebunden auf meinen Tod warten!"

„Hör doch mal, Hündchen, entschuldige, ich vergesse immer wieder deinen Namen. Also, Rupp, ich könnte dich von dem Strick befreien und wir ziehen dann gemeinsam in die nächste Stadt."

„Wie willst du mich denn befreien?", fragte der Hund und schüttelte ungläubig seinen Kopf. „Und wenn uns jemand sieht: Hund und Katze, nicht normal!"

„Mir ist immer egal, was andere denken, wenn ich mich für das, was ich tue, nicht vor mir selber schämen muss. Lass uns eine Symbiose bilden!", miaute sie und ihre Augen bekamen einen merkwürdigen Glanz. „Ich habe vorausgesehen, dass ich mit einem stattlichen Begleiter in einer Stadt einem angenehmen Leben entgegengehen werde."

„Was ist, bitteschön, eine Symbiose?", fragte Rupp und sein Blick sah aus, als hätte jemand versucht, ihn statt mit Hundefutter mit einer Katzenmahlzeit abzuspeisen.

„Eine Symbiose ist eine Zweckgemeinschaft! Wie kann ich dir das besser verständlich machen? Ich vergesse immer wieder, dass ich es mit einem Schwanzwedler zu tun habe."

Rupp räusperte sich. Diese Katze sollte ihn bloß nicht provozieren.

„Also, wir bilden eine Gemeinschaft zum gegenseitigen Vorteil", versuchte sie, ihm zu erklären. „Ich nütze dir und du nützt mir! Ganz einfach!"

„Zu was könntest du mir nützen? Und zu was ich dir?" Rupp verstand nicht richtig.

„Ich bin unser Gehirn und du bist unsere Muskeln. Du siehst aus, als gäbe es nicht viele Hunde, die sich mit dir anlegen würden. Ich meine, wenn du mal wieder etwas auf die Rippen bekommen hast. Darum werde ich mich in der nächsten Stadt kümmern. Du musst mir nur vertrauen. Trotzdessen ich eine Katze bin."

„Du bist unser Gehirn?", wiederholte Rupp. „Mich hältst du wohl für vollkommen verblödet?"

„Nein, Rupp, niemand ist vollkommen, du auch nicht. Tut mir leid, aber du bist nun mal ein Hund. Lass uns nicht mehr davon reden. Es wird bald richtig hell und wir müssen von hier verschwinden! Außerdem ist es für dich in der Gegend gefährlicher als für mich. Selbst wenn du nicht angebunden wärst."

„Wieso ist es für mich gefährlicher?", erkundigte sich Rupp.

Die Katze sah sich um. „Vor drei Tagen haben ein paar Menschen, sie nannten sich Tierschützer, nachts in einem Tierheim alle Käfige geöffnet und uns alle freigelassen. Ja, du hast richtig gehört: Ich war in einem Tierheim. Über die Gründe zu reden, ist jetzt keine Zeit. Jedenfalls wurden die meisten Insassen wieder eingefangen. Nur eine Meute Kampfhunde haben sie nicht wieder einsperren können. Natürlich auch nicht jede Katze. Bella Luna ist nämlich klug, eben Katze! Und du bist deshalb gefährdet, weil dich jeder für einen dieser entflohenen Kampfhunde hält."

„Es gibt keine Kampfhunde!", protestierte Rupp. „Es gibt nur ..."

„Lass dein Geheule, ich weiß das. Wenn ich Kampfhunde sage, dieses hässliche, von Menschen erfundene Wort verwende, dann weißt du doch, welche deiner Artgenossen ich meine. Und du als American Staffordshire Terrier gehörst nun mal zu diesen sogenannten Kampfhunden. Klar?"

Rupp dachte an die Männer, die laut grölend über das Feld gezogen waren. Sicher suchten sie nach diesen Hunden. Also hatte er richtig gehandelt, als er sich vor ihnen versteckte, statt auf sich aufmerksam zu machen.

„Alles klar, du kluge Katze! Was schlägst du nun vor?"

„Erst einmal werde ich dich befreien. Das hat was, findest du nicht auch: Liebes, kleines Schmusekätzchen befreit gefährlichen Kampfhund vom Strick!"

Rupp knurrte und ließ seine Zähne zum Vorschein kommen.

„Ej, Hundi, sieh das nicht alles so verbissen. Ich denke doch, dass ich mit deinem Schutz besser durchs Leben komme. Los, nun zieh mal deine Mundwinkel hoch. Können Hunde überhaupt lächeln, wenigstes grinsen?"

„Du bist nicht nur Katze, du bist auch ein bisschen nervig. Hat dir das schon mal jemand gesagt?", knurrte Rupp und bemühte sich, freundlich dreinzuschauen, was aber wegen seines immer stärker werdendem Hungergefühls kaum zu machen war.

„Ich bin nicht nervig. Hör jetzt gut zu: Bella Luna, deine edle Retterin, wird jetzt auf deinen Rücken springen. Heul nicht gleich wieder, ich ziehe meine Krallen ein. Von dort aus komme ich besser an deinen Hals und wetze deinen Strick durch!"

„Unmöglich! Erstens lasse ich lebend keine Katze auf meinen Rücken und zweitens glaube ich nicht, dass du den dicken Strick durchzutrennen vermagst."

„Sehr klug! Typisch Schwanzwedler, ich lasse lebend keine Katze auf meinen Rücken", äffte sie ihn nach. „Wenn du tot wärst, wäre es auch vergebene Mühe! Nun hab dich nicht so pinscherhaft! Ich glaube, das Kommando, welches du jetzt brauchst, heißt: Platz!"

Rupp sank auf seine Pfoten.

„Ich fasse es nicht", miaute die Katze leise, „der hört noch immer auf diesen Menschenmist!" Sie sprang dem Hund auf den Rücken und machte sich sofort daran, mit ihren scharfen Krallen die Fasern des dicken Strickes durchzuwetzen.

Rupp dauerte es zu lange. Er wollte unter keinen Umständen von irgendjemanden gesehen werden – weder von einem Menschen noch von einem Tier. Und schon gar nicht von einem Hund. Das Gespött würde er nicht überleben. Dann doch lieber an einen Baum gebunden sein und verhungern!

„Gleich!", knurrte die Katze und wenige Augenblicke später fiel der Strick vom kräftigen Hundehals zu Boden. Bella Luna sprang von seinem Rücken und grinste ihn von der Seite an.

Rupp hatte gleich das Gefühl, besser atmen zu können. Noch einmal sah er in alle Richtungen, um sich zu vergewissern, dass ihn auch niemand mit der Katze auf seinem Rücken gesehen hatte. „Danke, Bella Luna!", kam es leise über seinen Lippen.

„Schon gut, mein Beschützer! Jetzt müssen wir aber los!", sagte sie und ließ ihn vorangehen. Dabei musterte sie ihn. Schon zuvor hatte sie ihn sich gründlich angesehen. Bella Luna fand, dass er eigentlich ein sehr schöner Hund war mit seinem fast goldbraunen Fell, dem weißen Lätzchen auf seiner Brust, das unter dem Bauch entlang bis zu den Füßen reichte. Wie sie ihn aber so laufen sah, kam Mitleid bei ihr auf. Seine taumelige Haltung ließ befürchten, dass er jeden Moment zusammenbrechen könnte. Außerdem dachte die Katze an die eitrige Wunde, die sie auf seiner linken Schulter gesehen hatte und die wirklich nicht gut aussah. Sie wollte ihn aber nicht daraufhin ansprechen. So schlug sie erst einmal vor, sich etwas von der Landstraße entfernt zu halten. Der Hang neben der Straße, der ins

Tal mit dem großen Acker führte, war sehr steil. Hund und Katze liefen beide an ihm entlang und waren so von der Straße aus nicht zu sehen.

Der Morgen hatte inzwischen die Dunkelheit restlos verdrängt. Dicke, fast schwarze Wolken krochen am Himmel entlang. Auf dem Kamm des gegenüberliegenden Berges schleiften sie ihre Bäuche über die Wipfel riesiger Fichten.

Bella Luna lief nun vorneweg und Rupp taumelte wie schlaftrunken hinter ihr her. Nach einer lang gezogenen Linkskurve führte die Straße hinab in eine kleine Stadt. Eine Kirchturmspitze ragte aus der Mitte einer Unzahl roter Ziegeldächer heraus.

„Ich habe es vorausgesehen“, frohlockte die Katze. „Wir kommen in eine Stadt!“

„Tolle Leistung!“, hechelte Rupp. „Wo hätte die Straße denn sonst hinführen sollen?“

„Ich hatte eine Stadt vorausgesehen und kein Dorf und keine Siedlung. Gib doch zu, dort unten liegt eine Stadt. Nicht riesig, aber für eine Katze und einen Hund groß genug. Dort werden wir uns eine Unterkunft suchen und uns die Mägen füllen!“

„Mit Wasser vielleicht!“, bemerkte Rupp und sah zu der Brücke, die über ein Flüsschen führte, das wie eine Stadtbegrenzung quer vor dem Städtchen dahinplätscherte.

„Weißt du, was der Unterschied zwischen uns ist?“, fragte Bella Luna ihren hungrigen Begleiter.

„Dumme Frage, du bist eine Katze und ich bin ein Hund!“

„Ja, Hundi, das meinte ich aber nicht. Ich werde es dir erklären: Ich bin Hellseher und du bist Schwarzseher. Was soll ich nur tun, damit du meiner Hellseherei glaubst? Ich sage es dir noch einmal: Ich sehe für uns eine gute Zeit voraus. Wir werden glücklich werden, zuvor ein Dach über dem Kopf finden und uns die Bäuche vollschlagen. Ich denke an dicke, fette Mäuse!“

„Hör auf, wenn ich mehr im Magen hätte, würde ich jetzt kotzen! Von mir aus friss so viele Mäuse, wie du willst. Ich brauche etwas Hundgerechtes!“

„Na gut!“, sagte Bella Luna, blieb stehen und drehte sich zu Rupp um, sodass er ihr schelmisches Grinsen sehen konnte. „Ich fresse das Mäusefleisch und dir, mein liebes Hundilein, gebe ich hundgerecht deren Knochen zum Abnagen.“

Rupp hielt seine Schnauze und folgte ihr, als sie sich wieder in Bewegung setzte. Er sah, wie leicht sie lief, fast tänzelte. Ihre Ohren drehten sich unabhängig voneinander immer mal wieder in eine andere Richtung. So wie Radarschüsseln, die irgendwelche Geräusche orten sollten. Der American Staffordshire Terrier beobachtete den Gang der Katze und erkannte, was für einen geschmeidigen Körper sie besaß. Rupp vermutete, dass sie wohl viele Kater als Verehrer hatte.

Hund und Katze gelangten endlich an die Brücke. Bella Luna lief schnell zum Flussufer und trank etwas von dem klaren, kalten Wasser. Rupp tat es ihr gleich. Er spürte, wie ihm das Wasser der Speiseröhre hinablief und wie sich sein leerer Magen damit füllte. Während Bella Luna immer noch trank, taumelte Rupp unter die Brücke und sackte zusammen.

„Ej, Hundi, was ist denn nun schon wieder los?", fragte die Katze. Sie lief zu Rupp und zog ihn ein Augenlid hoch, um mit dem Blick eines erfahrenen Arztes festzustellen, wie es um ihren Begleiter bestellt war. „Okay, noch steckt ein bisschen Leben in dir. Eine spärliche Flamme zwar, aber du wirst sehen, ich verwandle sie wieder in ein Leuchtfeuer des Lebens. Halte noch ein bisschen durch. Mit einem Dach über dem Kopf meinte ich nämlich keinen Brückenbogen!"

„Lass mich hier liegen. Ohne mich kommst du besser voran", stöhnte Rupp. „Außerdem, wenn mich einer von den Männern sieht, die die entflohene Hundemeute jagt, werde ich zu schwach sein, um vor ihnen zu fliehen."

„Okay, ich sehe es ein. Ausnahmsweise hast du recht: Du wärst nur Ballast! Also bleibe hier! Ich werde mich in die Stadt schleichen. Dort suche ich für uns eine Behausung, fresse etwas und bringe dir auch etwas für deinen knurrenden Magen mit. Nachdem du wieder zu Kräften gekommen sein wirst, gehen wir in die Stadt. Gemeinsam! Wir sind eine Symbiose! Du brauchst dir nichts darauf einzubilden. Ich stehe eigentlich nicht auf schwanzwedelnde Individuen! Aber ich habe dich nun mal als meinen Beschützer auserkoren. Du tust es ja auch nicht umsonst. Schließlich denke ich für dich mit!"

Rupp verdrehte die Augen, sank zu Boden und legte seinen Kopf auf seine Vorderpfoten. Er war sich nicht sicher, was besser war – vor Hunger zu sterben oder sich mit dieser selbstverliebten Katze einzulassen. Sie miaute noch etwas, was Rupp nicht verstand. Danach entschwand sie hinter dem Brückenpfeiler seinen Blicken.

Vorsicht geboten

„He, du schläfst doch nicht etwa?“, miaute Bella Luna und ruckelte an dem muskulösen Hundekörper. „Da ist kein Gramm Fett dran! Könnte das nicht ein lecker Kater sein?“, fügte sie leise hinzu.

Rupp öffnete die Augen und erschrak. An den Anblick einer Katze, die er jedes Mal erblickte, wenn er seine Augenlider hob, musste er sich erst gewöhnen. Auch wenn ihm das nicht leicht fiel. „Hast du etwas finden können, was meinen Hunger beendet?“, fragte er schlaftrunken.

„Dein Vertrauen zu mir ist ja unermesslich! Natürlich habe ich uns ein Fresschen besorgt.“ Bella Luna tippelte zu einer in Fetzen hängenden Plastiktüte. „Es war nicht leicht, sie bis hierher zu schleppen.“ Mit einer Pfote wühlte sie darin herum.

Rupp war neugierig, mit was er seinem Hunger ein Ende setzen konnte. Er war zu schwach, um aufzustehen. Gebannt sah er auf die Tüte. Zum Vorschein kamen drei graue, tote Mäuse.

„Na, ist das ein lecker Fresschen?“, frohlockte die Katze und strahlte übers ganze Gesicht.

„Ich hätte doch am Apfelbaum verhungern sollen!“, knurrte Rupp, ließ seinen Kopf sinken und war wieder bereit, zu sterben.

„He, Hundi, nun sieh doch noch einmal her“, forderte ihn Bella Luna auf.

Rupp tat, was sie von ihm verlangte. Es war sicherlich sowieso das letzte Mal. Seine trüben Augen sahen einen Knochen, an dem noch reichlich mageres Fleisch haftete, und einen rohen Fleischbrocken so groß wie ein Katzenkopf.

„Wo hast du das denn her?“, staunte der American Staffordshire Terrier und musste sich eingestehen, solch eine Futterbeschaffung ihr nicht zugetraut zu haben.

Während er schmatzend den Knochen abnagte und dabei genüsslich knurrte, berichtete ihm Bella Luna, wie sie zu dem Fleisch gekommen war. In dem Städtchen hatte niemand von den Menschen Notiz von ihr genommen. Sie erzählte, dass sie an einem Haus vorbeigekommen war, zu dem ein großer Hof gehörte. Dort habe ein Hund so laut gebellt, dass es unmöglich war, ihn zu überhören. In seinem Fressnapf hätte sie nichts gesehen und daraus geschlussfolgert, dass er bald sein Futter bekäme. Also habe sie sich beeilt, schnell etwas Fressbares für sich zu finden und nach einer geeigneten Unterkunft Ausschau zu halten. Bella Luna redete wie aufgezogen. Sie sei an einem leer stehenden Haus mit einem verwilderten Garten und einer alten Scheune vorbeigekommen. Darin habe sie sich umgesehen. Als Unterkunft für ein paar Tage und Nächte war es gut geeignet. Einerseits, weil darin viele Strohballen lagen, die auch als Versteck geeignet wären, und andererseits glich die Scheune einem Katzenparadies, wo sie nur ihr Mäulchen habe aufreißen müssen und die Mäuse hineinmarschiert wären. Sie gab zu, dass das ein wenig übertrieben war, aber es wirklich unglaublich viele Mäuse in dieser Scheune gab. Dort hätte auch dieser Plastikbeutel an einem rostigen Nagel gehangen. Den Mais, der darin aufbewahrt worden war, hätten die Mäuse bis auf ein paar Körner geplündert. Der Beutel hätte sich aber gut geeignet, damit ihre Beute zu transportieren. Auf dem Rückweg sei sie wieder bei dem Hofköter vorbeigekommen. In der Zwischenzeit hatte jemand seinen Fressnapf gefüllt. Sie habe nachgesehen und erkannt, dass sich der Inhalt auch gut eignen würde, um den Hunger ihres Beschützers zu stillen.

Rupp hatte das gegarte Fleisch, das an dem Knochen hing, genossen und ihn blitzblank abgenagt. Jetzt schmatzte er beim Fressen des rohen, saftigen Fleischklümpchens. Mit voller Schnauze und sabbernd fragte er die Katze: „Wie gelangtest du an das Futter dieses Hundes? Das hat der doch nicht freiwillig herausgerückt!"

Bella Luna grinste. „Es war doch nur ein kleines Hundilein."

„Erzähle mir keine Märchen!", knurrte Rupp. „Der Hund hätte sein Fressen bis aufs Blut verteidigt!"

„Stimmt", knurrte die Katze, „ein wenig geblutet hat er schon. Das gebe ich zu. Er hätte mir ja sein Fresschen auch kampflos überlassen können. Das jedoch wollte er nicht. Obwohl ich ihn höflich dazu aufforderte. Ich wollte aber nicht bitten. Schließlich war es ein Hund – und Hunde bittet man nicht. So musste ich es mir nehmen. Bell nicht gleich los. Dich, lieber Rupp, dich hätte ich natürlich gebeten. Du bist eine Ausnahme, du bist mein Hundi, Bella Lunas Beschützer."

Sie beobachtete Rupp und verdrehte ihre gelbgrünen Augen mit den senkrecht stehenden, dunklen, fast schwarzen, ovalen Pupillen. „Wenn ich eine Hündin wäre ...", spukte es in ihrem Kopf herum. Bella Luna säuselte: „Nach dem Fresschen, das dir, wohlgemerkt, eine Katze besorgt hat, siehst du schon wieder aus wie ein Hund und nicht wie so ein Plüschtrottel. Was haben solche Kuschelhündchen eigentlich vom Wolf? Wenn ich dich so betrachte, denke ich, dass es eigentlich schade ist, dass du kein

Kater bist. Ich meine so wegen deiner Statur. Bei gut geformten Muskeln werde ich schwach."

„Das war wirklich lecker", schmatzte Rupp und leckte sich seine Pfoten ab. „Obwohl mir der arme Hund leidtut, dem du es weggenommen hast. Lebt er wenigstes noch?"

„Er hatte Nasenbluten, zitterte ein wenig, saß in der Ecke des Hofes und winselte mit eingezogenem Schwanz. Nun aber genug davon. Es war ja nur so ein halbes Hündchen. Ruh dich noch ein wenig aus. Mit vollem Magen lässt es sich schlecht fliehen!"

„Vor wem sollte ich fliehen müssen?", fragte Rupp, dessen Blick eher dem eines Dackels ähnelte als dem eines American Staffordshire Terriers. „Ich fühle mich schon wieder gestärkt!"

„Deine sichtbaren Rippen sagen etwas völlig anderes. Also höre auf mich, verdaue in Ruhe und sei später, wenn wir durch die Stadt schleichen, immer auf der Hut vor den Männern, die nach den Kampfhunden suchen! Du erinnerst dich?"

„Die werden mich nicht erwischen!", bellte der American Staffordshire Terrier. „Ich fühle mich schon viel besser. Worauf warten wir noch?"

„Juchuu", jubelte Bella Luna, „mein Muskelhundi beginnt wieder, zu leben. Auf geht's!"

Die schöne Katze lief voran. Rupp störte es nicht. Er war damit beschäftigt, sich aufmerksam umzusehen. Das ungleiche Paar vermied es, sich in der Nähe der Straße entlang zu bewegen.

Die Kirche läutete zwölf Mal. Es roch nach dem Rauch, der aus den vielen Schornsteinen quoll. Der Winter lag im Sterben und verbreitete dennoch eisige Kälte.

„Wie weit ist es denn noch?", knurrte Rupp, als die beiden an den Rückseiten der Häuser fernab der Hauptstraße vorbeischlichen.

„Geduld! Und sei leise! Es ist nicht mehr weit."

In einem Garten bellte plötzlich ein kleiner Hund, dessen Vorfahren aus mehreren Rassen hervorgegangen sein mussten. Er kläffte, als ginge es ihm ans Fell. Menschen waren zu hören. „Dort, ein Kampfhund!", rief eine junge Frau. Die Zahl der Menschenstimmen wuchs schnell an. Alle schrien durcheinander.

Bella Luna begann, schneller zu laufen. „Kannst du rennen?", fragte sie ihren Begleiter.

„Klar kann ich das!"

„Warum tust du es dann nicht? Die suchen vermutlich keinen Spielgefährten für den Wolfsschiss."

Beide rannten, so schnell sie konnten. Schüsse krachten. Der Hund und die Katze wollten sich nicht umsehen. Sie waren nur darauf bedacht, ihre Haut zu retten.

„Dort entlang!“, rief Bella Luna und preschte zwischen zwei Zaunlatten hindurch in einen verwilderten Garten.

Rupp folgte ihr. Als er sah, dass die Zaunlücke nur so breit war, dass eine Katze hindurchpasste, gab es für ihn nur zwei Möglichkeiten, zwischen denen er sich im Bruchteil einer Sekunde entscheiden musste: Entweder er folgte Bella Luna und blieb mit großer Sicherheit im Zaunfeld stecken oder er setzte kurz entschlossen zum Sprung an. Nur wusste er nicht, ob sein Sprungvermögen nach den Hungertagen wieder funktionierte. Rupp hatte sich entschieden und sprang über den Zaun. Er knallte mit einer Hinterpfote gegen die Spitze einer Zaunlatte, aber er überwand das Hindernis. Der American Staffordshire Terrier sah, wie Bella Luna hinter der angelehnten Tür einer großen Scheune verschwand und folgte ihr.

Kaum hatte er die Scheune erreicht, blieb er stehen und sah hinaus, ob ihnen die Verfolger noch auf den Fersen waren. Rupp sah, wie ein Dutzend Männer am Gartenzaun vorbeirannten. Sie grölten und schrien immer wieder: „Tod den Kampfhunden! Tötet die Bestien!“

Erschöpft zog sich Rupp zurück. Wo war Bella Luna? In der Scheune waren unzählige Strohballen übereinandergestapelt. Er vermutete, dass sich seine Begleiterin hinter einen dieser mannshohen Rollen verbarg.

Ein leises Miauen war zu hören und Rupp ließ seinen Blick durch den Raum wandern. Endlich sah er die Katze auf einem der Strohballen sitzen. Sie grinste und sagte: „Na, mein tapferes Hundilein, ich nehme an, du weißt, wie es um dein Leben bestellt ist. Hier möchte dich vermutlich niemand als Schmusetierchen haben. Höchstens ich, aber leider bist du ein Schwanzwedler.“

Der American Staffordshire Terrier setzte zu einem Sprung an und landete neben der Katze. „Lange werden wir hier nicht bleiben können“, vermutete er. „Die Menschen hier meinen es ernst, sehr ernst! Die geben erst Ruhe, wenn sie alle aus dem Tierheim ausgebrochenen Hunde gefangen oder gar getötet haben werden.“

Bella Luna flog wie vom Blitz getroffen vom Strohballen. Rupp wusste nicht, warum. Er konnte auch nicht sehen, was der Grund dafür war, weil sie ihm den Rücken zukehrte. Plötzlich war ein lautes Piepsen zu vernehmen. Die Katze drehte sich um und Rupp sah, dass in ihrem Mäulchen eine noch etwas zappelnde Maus hing. Bella Luna kletterte zurück auf den Strohballen und ließ die tote Maus aus ihrem Maul fallen.

„Hab ich es dir nicht gesagt, hier ist ein Katzenparadies! Soll ich dir die Knochen zum Abknabbern aufheben?"

Rupp zog eine angewiderte Miene, legte seinen Kopf auf seine Vorderpfoten und schloss die Augen.

Während Bella Luna sich ihre Mittagsmahlzeit schmecken ließ, schlief Rupp ein. Er träumte wieder von seiner Vergangenheit, von seinem Leben bei den jungen Männern, die seine Besitzer waren.

Der American Staffordshire Terrier sah plötzlich in seinem Traum Bilder von toten, blutüberströmten Hunden. Er sah sich mit einem großen, sehnigen und muskulösen Hund kämpfen. Ihm erschien im Traum eine große blaugraue Dogge. In einem Kreis um ihn und um den anderen Hund standen viele Männer und hetzten sie grölend gegeneinander. Rupp blutete bereits an seiner linken Schulter. Sein Rivale hatte ihm die messerscharfen Zähne in die Schulter geschlagen. Der American Staffordshire Terrier wehrte sich gegen den übermächtigen Angreifer, so gut er konnte. Rupp wand sich am Boden liegend. Staubfontänen stiebten in die Luft und endlich gelang es ihm, sich zu befreien.

Die blutrünstige Dogge wurde von seinen Besitzern wieder angetrieben: „Los, Big Blue Dog, du schaffst ihn! Töte den American Staffordshire Terrier!"

Auch Rupp wurde ständig auf seinen Gegner gehetzt. Er musste gewinnen, um am Leben zu bleiben. Doch seine Kräfte ließen nach. Die ältere und erfahrene Dogge warf sich Rupp entgegen. Der wich durch eine Körpertäuschung geschickt aus und biss sich im Hals seines Gegners fest. Ringsum grölten die Männer. Ein ohrenbetäubender Lärm drang an Rupps Ohren. Er wusste, dass er so lange zubeißen musste, bis sein Gegner tot war. Sonst würde er sterben.

Als wenig später die tote Dogge fortgetragen wurde, kläffte eine andere Dogge Rupp hinterher: „Ich werde irgendwann meinen großen Bruder rächen. Das schwöre ich dir. Merke dir meinen Namen! Ich heiße Little Blue Dog! Und ich werde dich finden, egal wo du dich versteckt hältst!"

„He, Hundilein, was ist denn?"

Rupp öffnete seine Augen. Er zitterte am ganzen Körper. Bella Luna stand vor ihm und der American Staffordshire Terrier war froh darüber. Froh darüber, nur geträumt zu haben. „Ich habe schlecht geschlafen!", knurrte er und wollte auch nicht darüber reden. Was ging sein Leben eine Katze an?

„Schlecht geschlafen, das ist ja Mäusekacke. Du hast gestöhnt, mit deinem Schwanz auf das Stroh gepeitscht, als wolltest du noch ein paar Körner herausdreschen. Okay, wenn du mir nichts erzählen willst, dann eben nicht. Ich werde mal die Lage checken. Bin neugierig, ob sich da draußen alles wieder beruhigt hat. So, mein Hundilein ..." Bella Luna strich mit eingezogenen Krallen mit einer ihrer Samtpfoten über Rupps Schnauze. „Sei schön brav, bell nicht rum und warte, bis Kätzchen wiederkommt."

Rupp begleitete sie bis an die Tür, sah, wie sie wieder durch die Zaunlücke schlüpfte und seinen Blicken entschwand. Alles schien ruhig. So legte sich Rupp hinter einen Strohballen und döste vor sich hin.

Bella Luna näherte sich der Rückseite eines Hauses, schlich daran vorbei direkt zum Bürgersteig an der Hauptstraße. Sie sah an vielen Hauswänden, an Lichtmasten und an Litfaßsäulen Plakate hängen, auf denen verschiedene Kampfhunderassen mit aufgerissenen Schnauzen und scheinbar blitzenden Augen abgebildet waren. Bella Luna vermutete, dass darauf vor den entflohenen Hunden gewarnt wurde. Sie lief die Straße entlang, die ins Stadtzentrum führte. Die Menschen, die ihr begegneten, nahmen von ihr keine Notiz. Bis ein paar Jungen mit kleinen Steinchen nach ihr warfen. Sie hielt es für angebracht, sich wieder zu verziehen. Als sie über einen Spielplatz lief, stellte sich ihr plötzlich ein pechschwarzer Kater mit einem winzigen weißen Fleckchen auf seiner Brust in den Weg.

„Was ist das für ein Prachtstück!", schoss es Bella Luna durch den Kopf und spürte ihr Herz freudentrommeln.

„Du bist nicht von hier, stimmt's?", knurrte der Kater und seine Barthaare wippten wie zu schwere Getreidehalme im Wind.

„Was geht es dich an? Ich bin nur auf der Durchreise. Aber hier in eurem Kaff ist ja nichts los. Ich brauche ein wenig mehr Action!"

„Miaue nicht so etwas", sagte der Kater leise und sah sich um. „Die ganze Stadt ist in Aufruhr."

„Was du nicht sagst", unterbrach ihn Bella Luna.

„Sie suchen eine Kampfhundebande. Die wurde von so ein paar verrückten Menschen aus einem Tierheim befreit. Jetzt treiben sie hier in der Gegend ihr Unwesen. Sie haben bereits einen Pudel, eine Katze und ein paar Hühner getötet und sogar eine Frau angegriffen. Die konnte sich gerade noch in eine Bäckerei retten. Die Bestien werden auch vor dir nicht halt machen. Du siehst übrigens recht attraktiv aus! Kategorie Leckerbissen, wenn du weißt, was ich meine. Deshalb würde ich dir meinen Schutz anbieten. Übrigens, ich möchte mich erst einmal vorstellen: Ich heiße Casanova! Nicht nur Name, auch Programm."

Bella Luna musterte den schwarzen Verführer genau. Er war etwas größer als sie, muskulös und ohne ein Gramm zu viel an seinem Körper. Ihr wurden die Beine weich. Schon seit längerer Zeit war ihr kein so stattlicher Kater vor die Augen gekommen. Hunger überfiel sie. Ein Hunger, der nicht mit etwas Fressbarem gestillt werden konnte.

„Dort drüben ist ein alter Bauwagen, in dem werden Reinigungsgeräte für den Spielplatz aufbewahrt. Komm mit, ich will dir etwas zeigen", forderte Casanova sie auf.

„Du willst mir Reinigungsgeräte zeigen?", fragte Bella Luna und schüttelte ihren Kopf. Dennoch folgte sie ihm bereitwillig. Sie sah sich um und erblickte unter einem Strauch eine junge Katze, eigentlich schon eine kleine Katzendame, die sie und den Kater beobachtete. Ungestört dessen verschwand Bella Luna mit Casanova in einem größeren Loch in der Wand des Bauwagens.

Die junge Katze schlich sich an. Sie hörte die Geräusche, die aus dem Bauwagen drangen, hörte das Fauchen, Knurren, Quieksen und Stöhnen. Zornig verließ sie den Spielplatz.

Bella Luna kam aus dem Bauwagen geschlichen. Sie war wie benommen und sehr wackelig auf ihren Beinen. Ihr folgte der Kater.

„Wie heißt du eigentlich, Süße?"

„Namen sind überflüssig. Ich muss jetzt weiterziehen. Leb wohl, vielleicht komme ich ja irgendwann einmal wieder hier vorbei."

„Ich würde mich freuen! Und pass auf dich auf! Es wäre schade um so ein Leckerchen. Lass dich niemals mit so einen blutrünstigen Kampfhund ein!"

Bella Luna grinste, miaute noch einmal herzzerreißend und beeilte sich, wieder zu Rupp zurückzukehren.

Der American Staffordshire Terrier erwartete sie schon ungeduldig. Ihretwegen hatte er sich Sorgen gemacht. „Wo warst du denn so lange?"

„Ach, ich habe mir dieses Örtchen ausgiebig angesehen. Es ist ein heißes Pflaster. Weiß Gott, sehr heiß! Wir müssen hier weg. Sie suchen die Kampfhundebande überall. Ein alter, hässlicher Kater hat mir gesagt, dass die Hunde bereits einige Opfer gefunden hätten. Ein paar Hühner und ein Pudel, meiner Meinung nach ist so etwas Gestricktes auch kein richtiger Hund, wurden bereits getötet. Sogar Menschen haben sie wohl schon angefallen. Seitdem werden die Flüchtlinge pausenlos gejagt."

Plötzlich hörten Bella Luna und Rupp, wie sich jemand näherte. Beide versteckten sich hinter einem Strohballen. Nur ihre Köpfe ragten darüber hinaus. Die Katze flüsterte: „Hunde, ich rieche Hunde!"

Rupp konnte weder etwas riechen, noch etwas hören oder sehen, obwohl durch eine schmutzige Scheibe etwas Licht in die Scheune drang.

Durch die Tür kamen drei Hunde und blieben stehen. Sie schnupperten und sahen sich um. In der Mitte stand ein kurzhaariger, braun-schwarzer Rottweiler. Links neben ihm ein fast weißer Bullterrier mit einem braunen Fleck über einem Auge und rechts vom Rottweiler stand ein Bullmastiff, ein langhaariger, braunfelliger Fleischkoloss.

„Ist hier jemand?", bellte der Rottweiler mit tiefer Stimme. „Hier ist doch jemand. Es stinkt nach Katze."

Nach einer Weile rief der Bullterrier: „Zeige dich, du Katzenvieh!"

Rupp und Bella Luna pressten sich gegen einen Strohballen. Durch ein paar abstehende Strohhalme hindurch beobachteten sie die Eindringlinge. Sie sahen auch, wie eine zitternde, junge Katze in die Scheune geschlichen kam.

„Hier ist niemand", kläffte der Bullmastiff. „Es geht dir ans Fell, wenn du uns belogen hast! Wir brauchen Frischfleisch!"

„Ich schwöre", jammerte die junge Katze, „ich habe hier eine fremde Katze hineinschleichen sehen."

Bella Luna fiel plötzlich ein, woher sie diese Katze kannte. Es war die junge, die sie in der Nähe des Spielplatzes gesehen hatte, als sie mit Casanova in dem Bauwagen verschwunden war. „Warum führte sie die Hunde hierher?", grübelte Bella Luna.

„Das sind welche von der Kampfhundebande!", flüsterte Rupp.

„Ich bin unser Gehirn! Aber du hast recht, wie Schoßhündchen sehen sie ja nicht aus!", zischte seine Begleiterin.

„Da ist sie!", rief die junge Katze. „Schnappt sie euch! Sie ist eine Fremde. Die hat meinen Liebsten verführt!"

„Das also war der Grund!", dachte Bella Luna.

„Komm raus, sonst holen wir dich!", bellte der Rottweiler.

Bella Luna kletterte auf den obersten Strohballen und von dort aus zu einem dicken Balken unterm Dach. Somit war sie erst einmal in Sicherheit. „Was wollt ihr von mir, ihr Schwanzwedler? Und du, arme Katze, wie heißt du? Fühlst du dich wohl in deiner Haut? Mich kriegen sie nie, aber dich mit Sicherheit!"

„Wir haben Zeit", knurrte der Rottweiler. „Unser Boss hat nur gesagt, dass wir mit ein wenig Fleisch zurückkommen müssen. Das werden wir auch. Und zwar mit deinem Fleisch."

„Rombo hat recht. Wir haben Zeit!", mischte sich der kleinste der drei Hunde, der Bullterrier, ein.

„Übrigens, ich heiße Sandy. Und ich liebe Casanova! Ich lasse ihn mir nicht von einer dahergelaufenen Streunerin wegnehmen. Er gehört mir!“, maunzte die junge Katze.

„Du kannst abhauen!“, bellte Rombo, der Rottweiler, der zitternden Sandy zu. „Hast noch mal Glück gehabt. Die da oben, die entgeht uns nicht!“

Bella Luna konnte der jungen Katze ansehen, wie erleichtert diese war. Mit schnellen Sprüngen verließ Sandy die Scheune.

„Viele Grüße an Casanova!“, rief Bella Luna ihr hinterher.

Rupp hielt sich noch immer zurück. Er wollte eine Auseinandersetzung mit den drei Strolchen vermeiden. Er glaubte sogar, den Bullterrier früher schon einmal bei einem dieser blutigen Kämpfe gesehen zu haben.

„Komm runter!“, bellte der Bullmastiff und sabberte dabei.

„Halts Maul, Pubs!“, knurrte der Rottweiler ihn an. „Ich habe hier zu bestimmen! Little Blue Dog hat mir den Auftrag erteilt. Ihr seid nur meine Gehilfen! Verstanden?“ Der Bullmastiff klemmte seinen Schwanz zwischen die Hinterbeine und nickte stumm.

Plötzlich sprang der Rottweiler auf den untersten Strohballen, gelangte auch noch auf einen höher gestapelten Ballen und rutschte wieder hinunter. Dabei entdeckte er Rupp.

Als er wieder auf seinen Pfoten stand, bellte er Rupp an: „Wer bist du denn? Du gehörst doch nicht zu uns!“

„Ich heiße Rupp und wie du richtig bemerkt hast, gehöre ich nicht zu euch. Möchte ich auch ehrlich gesagt gar nicht!“

„Sind wir dir nicht fein genug?“, knurrte der Rottweiler.

„Rombo, soll ich ihn fertig machen?“, bellte der Bullterrier dazwischen.

„Halt deine Schnauze, Fats!“

Rupp und Rombo standen sich gegenüber. Sie trennten nur wenige Meter. „Du gibst uns die Katze, und wir lassen dich laufen!“, schlug Rombo dem American Staffordshire Terrier vor. „Ich will mit dir keinen Ärger. Schließlich gehörst du ja auch zu den so gefürchteten und verhassten Kampfhunden. Wir sollten zusammenhalten, uns gegenseitig unterstützen!“

„Ich kann die Katze auch nicht vom Dachbalken jagen!“, erwiderte Rupp. „Außerdem hat sie mir nichts getan. Genauso wenig wie euch! Also lasst sie in Ruhe und mich auch. Ich glaube, es täte euch gut, hier abzuhauen!“

„Du hältst zu einer Katze?“, fragte Rombo und schüttelte seinen wuchtigen Kopf.

„Sie ist mir sympathischer als du!", knurrte Rupp und seine Stimme ließ erkennen, dass er es ernst meinte.

„Schnapp dir diesen Katzenfreund, Pubs! Zeig ihm, wer hier in dieser Stadt das Sagen hat!", bellte Rombo, dessen Schwanzstummel aufgeregt hin und her wackelte.

„Rupp, soll ich dir gegen diese Plüschkläffer helfen?", rief Bella Luna aus sicherer Entfernung.

„Lass mal, ich denke, wir können uns auch im Guten einigen!", antwortete Rupp.

Doch dazu sollte es jedoch nicht kommen. Wie eine Walze warf sich der kläffenden Bullmastiff gegen den American Staffordshire Terrier. Der wich dem Fleischberg aus, biss ihn empfindlich in die Nase und musste sich bereits einen Augenblick später gegen den kleinen Bullterrier wehren, der seinem dicken Freund zu Hilfe kommen wollte.

Rupp spürte einen heftigen Schmerz in seiner linken Schulter. Der Bullterrier hatte ihn gebissen. Genau dort, wo die alte Wunde nicht heilen wollte. Der American Staffordshire Terrier heulte auf. Trotz des starken Schmerzes nahm er all seine Kräfte zusammen und es gelang ihm, seinen Gegner in den Nacken zu beißen. Er biss aber nur so zu, dass dieser einen Schmerz spürte, aber nicht schwerer verletzt wurde.

Der Bullmastiff und der Bullterrier winselten. „Kommt, ihr Versager, wir gehen!", bellte Rombo. „Aber wir kommen wieder. Unser Boss Little Blue Dog lässt sich von niemandem auf der Nase herumtanzen. Schon gar nicht von einem Katzenfreund, auch nicht, wenn es ein American Staffordshire Terrier ist." Die drei Eindringlinge zogen kläffend ab.

Bella Luna verließ den Balken, ging auf Rupp zu und drückte ihren Kopf gegen seine breite, starke Brust. „Danke! Anscheinend sind nicht alle Schwanzwedler gleich." Sie wich ein wenig zurück. „Du blutest ja! Zeig mal her."

„Ist nicht der Rede wert. Das muss ein American Staffordshire Terrier aushalten." Dennoch beugte er sich zu der Katze.

Bella Luna strich ihn mit ihrer Pfote sanft über sein Gesicht und begann, Rupps Wunde zu lecken.

„Was soll das?", knurrte er. „Ein Hund darf sich das unter keinen Umständen von einer Katze gefallen lassen!"

„Halt still! Das hilft, deine Wunde zu desinfizieren!"

Rupp hielt still. Er spürte ihre raue Zunge auf seiner linken Schulter. Wenn es wirklich half, so wollte er es über sich ergehen lassen, auch wenn es einem Hund unwürdig war, sich von einer Katze lecken zu lassen.

„Wir müssen hier weg!“, sagte plötzlich Bella Luna. „Das Kläffen der drei Bestien war weithin zu hören. Die Menschen werden nicht lange auf sich warten lassen.“

Rupp stimmte ihr zu. Er vermutete auch, dass nicht nur die Menschen kommen würden, sondern auch die Hundebande. Der Name Little Blue Dog löste bei Rupp unangenehme Erinnerungen aus. Wenn die Dogge, die anscheinend der Anführer der Kampfhundebande geworden war, erfuhr, dass sich Rupp in der Stadt aufhielt, würde sie sich sofort auf den Weg machen. Little Blue Dog hatte noch eine Rechnung mit ihm offen. Schließlich war Rupp es gewesen, der vor einigen Monaten dessen älteren Bruder, die mächtige Dogge Big Blue Dog, im Kampf getötet hatte.

Bella Luna schob vorsichtig ihren Kopf zur Tür der Scheune hinaus. Noch schien alles ruhig zu sein. Sie gab Rupp mit einer Kopfbewegung ein Zeichen, ihr zu folgen.

Hund und Katze hatten sich ein paar Hundert Meter von der Scheune entfernt, als sie lärmende Menschen hörten, die dort bereits nach ihnen suchten.

„Glück gehabt!“, keuchte Rupp. „Wir haben rechtzeitig die Scheune verlassen.“

„Wir sind ein gutes Team“, fügte Bella Luna hinzu. Sie blieb stehen und sah Rupp tief in seine braunen Augen. „Rupp, obwohl du ein Schwanzwedler bist, ich finde … Ich weiß nicht, wie ich es sagen soll, jedenfalls fühle ich mich gut in deiner Nähe!“ Sie tippelte auf Rupp zu und rieb wieder ihren Kopf an dessen Brust.

„Vergiss nicht, wir sind Hund und Katze!“, knurrte er, schob Bella Luna sachte beiseite und lief weiter. Die Katze folgte ihm, ohne zu wissen, wohin ihr Weg sie führte.

Es wird brenzlig

„Ich will und ich kann nicht mehr!“, maulte Bella Luna. Ein langer Marsch lag hinter ihnen. Rupp zeigte sich verständnisvoll und schlug vor, sich auszuruhen. Es würde auch bald dunkel werden. Sie gelangten in einen Wald, der sich zu beiden Seiten des Tales erhob. In dem Tal lag die Stadt, die von der einzigen, großen Hauptstraße in zwei Hälften geteilt wurde. Beide suchten nach einem geschützten Platz, weil die Nächte noch empfindlich kalt waren, teilweise war der Boden noch gefroren.

Bella Luna entdeckte eine Futterraufe. Daneben stand eine Blockhütte. Sie umschlich die Hütte und entdeckte eine Tür, die einen Spalt offen stand. Die Katze war zu schwach, die Tür zu öffnen. Rupp kam ihr zu Hilfe und öffnete die Tür so weit, dass beide hindurchschlüpfen konnten. In der Hütte war es stockdunkel. Es roch nach Heu, was nicht verwunderte, weil es dort meterhoch gelagert wurde.

Rupp bahnte sich mit seinem muskulösen Körper einen Weg in das Heu. Er legte sich hin und spürte, wie sich einen Augenblick später seine Begleiterin an ihn kuschelte. Beide wärmten sich gegenseitig. Bella Luna drückte sich mit ihrem Rücken gegen den Bauch des American Staffordshire Terriers. „Sag, Rupp, sind wir ein Liebespaar oder sind wir gute Freunde?“

„Wir sind vor allem Hund und Katze. Ich bin froh, dich kennengelernt zu haben. Werde nie vergessen, dass du mich vom Strick befreit hast und mich mit Fressen vorm Hungertod bewahrtest. Aber Liebe ist vermutlich etwas anderes. Ich war noch nie richtig verliebt. Womöglich fällt es mir deshalb so schwer, deine Frage zu beantworten. Vielleicht war es damals Liebe, denn ich hätte heulen können, als ich nach dem Tod meines alten Herrchens von meiner Elise getrennt wurde. Ich erzählte dir bereits von ihr!“

„Da ward ihr doch noch Welpen oder ganz junge Hündchen. So eine Futternapfliebe hatte ich auch!“, stöhnte Bella Luna.

„Trotzdem denke ich noch oft an sie und die Zeit mit ihr bei unserem alten Herrchen zurück.“

Rupp schwieg eine Weile. „Von dir weiß ich eigentlich nichts. Nur, dass du zu den Tierheimausreißern gehörst. Wie bist du dorthin gekommen?“, erkundigte sich Rupp und legte zärtlich eine Pfote um Bella Luna. „Erzähl mir bitte über dein Leben!“

„Da gibts nicht viel zu erzählen. Ich kam mit einer Schwester und einem Bruder auf einem Dachboden, in dem so viel Heu gelagert wurde wie hier, auf die Welt. Ich war von uns drei Geschwistern die Einzige, die unserer Mutter ähnlich sah. Wir waren so lange glücklich, bis wir zu verschiedenen Menschenfamilien gegeben wurden. Das ist immerhin noch besser, als ersäuft zu werden, was mit jungen Katzen oft genug geschieht. Ich kam zu einem Menschenpaar mit einer Tochter. Seitdem habe ich weder eins meiner Geschwister noch meine Mutter jemals wiedergesehen. Ich war noch sehr klein und vermutlich sehr niedlich. Also wie jetzt auch noch!" Bella Luna kicherte ein wenig über ihr Eigenlob. „Jedenfalls knuddelte mich das Mädchen ständig, zerrte mich überall hin und versuchte, mir kleine Kunststücke beizubringen. Ein aussichtsloses Unterfangen! Dazu bin ich zu wenig Schwanzwedler, nimm's nicht persönlich, aber eine Katze tut nun mal nur, was sie will. Das Mädchen führte mich an einer Leine in den Garten, der hinter dem Haus lag. Bei dem ersten Spaziergang schwor ich mir, sobald ich in diesen Garten ohne so einen Würgeriemen am Hals dürfte, würde ich abhauen. Auf die Menschen konnte ich gerne verzichten. Das Wichtigste für eine Katze ist die Freiheit. Dieses Vorhaben setzte ich auch in die Tat um. Das Mädchen hatte seinen Eltern gesagt, dass es mich so oft an der Leine in den Garten mitgenommen habe, dass es ihnen nun vorführen könne, dass ich ihr auch ohne Leine aufs Wort gehorchen würde. Welch tragischer Irrtum für das Mädchen. Kaum der Leine entledigt, kletterte ich auf den großen Kirschbaum, balancierte über einen stabilen Ast, der sehr weit herunterhing, zum Gartenzaun und dann war es nur noch ein kleiner Sprung in die Freiheit."

„Tat dir das Mädchen, das dich vermutlich lieb hatte, nicht leid?", erkundigte sich Rupp.

„Das ist eine typische Schwanzwedlerfrage. Mir tat noch nie ein Mensch leid. Menschen sind andere Lebewesen, die sich berechtigt fühlen, Tiere in Gefangenschaft zu halten, sich sogar von ihnen zu ernähren oder gar Geld mit ihnen zu verdienen. Wofür, bitteschön? Für einen Fressnapf und ein bisschen Wasser oder um mal von ihnen getätschelt zu werden?"

„Wir sind auch unterschiedliche Lebewesen!", bemerkte Rupp.

„Gut, mein Hundi, das stimmt, aber wir sind wenigstens Tiere. Außerdem hat mich das Mädchen nicht gut behandelt. In dem Maße, wie ich größer wurde, schrumpfte sein Interesse an mir. Nicht einmal mehr mein Katzenklo wurde regelmäßig sauber gemacht. Eines Tages, das Kind saß am Tisch, schlich ich zärtlich um seine Beine. Was denkst du, hat es getan?"

„Ich weiß nicht recht?“, knurrte Rupp. „Das Mädchen hat dich vermutlich auf seinen Schoß genommen.“

„Du glaubst wohl immer an das Gute, obwohl du doch ein unverbesserlicher Pessimist bist? Nein, das Mädchen hat mich mit einem Fuß weggestoßen. Das war zu viel und es bekräftigte nur noch mein Vorhaben, zu fliehen. Nach meiner Flucht trieb ich mich umher, lebte und liebte mal mit dem einen, mal mit dem anderen Kater. Ich genoss meine Freiheit, ohne mich dafür zu schämen. Doch eines Tages fing mich ein alter Mann in seinem Garten mit einem großen Netz ein. Ich hatte gerade eine Meise verspeist, was ihm wohl missfiel. Das tat ich, um meinen Hunger zu stillen. Was begehen die Menschen für Grausamkeiten an uns Tieren? Und tun dies nicht aus Hunger! Jedenfalls beschimpfte er mich auf das Übelste. Und schleppte mich ins Tierheim. Dort war ich sehr lange. Mit zwei Jahren kam ich dorthin. Als die Tierschützer vor einigen Tagen die Käfige öffneten, war ich bereits ein Jahr lang dort gewesen. So, das war mein Superleben! Aber ich schwöre dir, mich wird niemand mehr einsperren. Ich werde die Freiheit genießen. Meine Voraussehungen haben mir eine glückliche Zukunft vor Augen gehalten. Und ich glaube, auch einen Hund in meiner Begleitung gesehen zu haben. Rupp, lass uns das Glück suchen gehen. Zusammen werden wir es finden! Finden wir es nicht in dieser Stadt, dann eben in einer anderen!“

„Ach, Bella Luna, ich weiß nicht, ob wir das Glück finden werden. Du magst es wohl finden, aber mit mir … Unter den Menschen herrscht eine regelrechte Panik vor Kampfhunden. Überall werden sie verfolgt. Leider machen die Zweibeiner sich nicht viel Mühe, um herauszufinden, welcher dieser Hunde wirklich zu einer Bestie abgerichtet wurde. Außerdem, niemand würde es akzeptieren: ein Hund und eine Katze als Paar!“

„Vielleicht hast du recht!“, maunzte Bella Luna. „Es kommt vermutlich oft vor, dass jemand auf sein Glück verzichtet, weil er befürchtet, dass es von den anderen nicht akzeptiert werden würde! Und das ist schlimm!“

„Ich weiß noch nicht, wie es weitergehen soll“, unterbrach Rupp seine Begleiterin. „Morgen werde ich mich mal in der Stadt umsehen, natürlich von sicheren Verstecken aus. Es wäre auch wieder mal an der Zeit, nach etwas Fressbaren zu suchen. Mein Magen sendet eindeutige Zeichen.“

„Ich halte es zwar für einen American Staffordshire Terrier für zu gefährlich, in die Stadt zu gehen“, gab Bella Luna zu bedenken, „aber wenn du es so willst, ist es in Ordnung. Auch ich werde in die Stadt gehen und mal sehen, ob man sich dort wieder beruhigt hat. Vielleicht können wir ja hier in der Stadt oder wenigstens im Wald bleiben.“

„Nun lass uns aber schlafen", sagte Rupp und zog Bella Luna mit seiner Pfote noch mehr an sich heran. Die drehte ihren Kopf zu ihm und leckte Rupp das Gesicht, was er sich gefallen ließ.

Bella Luna vermutete, dass Rupp bereits schliefe, als er plötzlich sagte: „Weißt du, Bella Luna, ich könnte nur jemandem das Gesicht lecken, den ich bedingungslos und über alle Maßen liebe."

„Du musst dich nicht entschuldigen, weil du mich nicht liebst. Ich weiß ja selbst nicht, ob ich dich liebe. Aber eins weiß ich genau, es gab in meinem Leben keinen Schwanzwedler, mit dem ich mich besser verstanden hätte als mit dir. Freundschaft ist doch auch gut. Vielleicht sogar wichtiger als Liebe. So, nun schlaf, mein Hundi!"

Der Schrei eines Käuzchens weckte Rupp. Er tippte seine Begleiterin an. Die knurrte mit geschlossenen Augen, dass sie noch nicht aufstehen wolle. Sie würden doch nichts versäumen! Doch Rupp ließ nicht mit sich reden. Er rüttelte sie so lange, bis Bella Luna endlich die Augen öffnete.

Wenig später verließen beide die Blockhütte und begaben sich auf getrennten Wegen in Richtung Stadt. Hund und Katze verabredeten, dass sie sich, wenn es dunkel werden würde, wieder an der Futterraufe treffen wollten.

Bella Luna lief auf dem Weg, der in die Stadt führte. Sie musste nicht so auf der Hut sein wie Rupp, der fernab des Weges versuchte, in die Stadt zu gelangen. Schnell erreichte die Katze die ersten Häuser am Stadtrand. Bella Luna tippelte über das Kopfsteinpflaster einer schmalen Gasse. Von den wenigen Menschen, die ihr begegneten, wurde sie nicht beachtet. Tauchten Kinder auf, wechselte sie die Straßenseite. So gelangte sie bis ins Zentrum. Auf dem größten Platz, dem Markt, hatten Händler ihre Stände aufgebaut. Ein Geruch zog in ihre Nase, der sie zu einem dieser Stände führte. Eine Frau, die sich scheinbar aus drei nach unten immer größer werdenden Kugeln zusammensetzte, stapelte Stiegen mit frischen Fischen vor ihrem Verkaufstisch auf. Bella Luna lief das Wasser im Mäulchen zusammen. So eine Köstlichkeit hatte sie seit Tierheimzeiten nicht wieder verspeisen können. Sie wäre nicht Bella Luna, wenn sie sich diese Chance entgehen ließe.

Die Katze tippelte dicht an den Tisch. So konnte sie von der Marktfrau nicht gesehen werden. Bella Luna schlich am Tisch entlang, bis sie endlich an den Stiegen mit der wohlriechenden Köstlichkeit angelangt war. Sie nutzte die Gelegenheit, als die Marktfrau eine weitere Stiege vom Transporter holte. Bella Luna schnappte sich blitzschnell einen der Fische. Mit ihrer Beute, die sie quer in ihrem Mäulchen hielt, nahm sie Reißaus. Sie hörte, wie ihr die Marktfrau böse Flüche hinterherschickte. Das jedoch konnte die Katze nicht aufhalten. Sie erreichte das stillgelegte Straßenbahndepot. Straßenbahnen fuhren in der Stadt keine mehr, sogar die Schienen waren verschwunden. An die Zeit der quietschenden Stadtbimmeln erinnerte nur noch das alte Depot. Selbst das würde nicht mehr lange hier stehen, vermutete Bella Luna, weil direkt daneben bereits eine neue Autobahn entstand. Bella Luna sah eine Betonröhre, die sie für geeignet hielt, darin in Ruhe ihren Fisch zu verspeisen. Sie genoss jeden Bissen. Wer wusste, wann sie das nächste Mal so einen Leckerbissen bekommen würde? Sie verschmähte kein Fischstückchen und knabberte die Rückengräte ratzeputz sauber.

Die satte und zufriedene Katze schlummerte im warmen Schein der Sonne. Schließlich verließ sie die Betonröhre wieder und schlenderte zum Park. Die Luft roch nach Frühling. Der ließ endlich seine Boten aus der Erde kriechen. Krokusse und Schneeglöckchen schmückten die großen Parkwiesen. Zwar gab es noch hier und da kläglich schmutzige Schneehäufchen. Von ihnen lutschte die Sonne aber täglich ein größeres Stück ab. In den Bäumen gaben aus ihren Winterquartieren zurückgekehrte, gefiederte Sänger erste Frühlingskonzerte. Bella Luna mochte die Piepmätze. Jedoch nicht wegen ihres Gesanges. Sie sah in den Vögeln eher eine Bereicherung des sich in der Natur bietenden Nahrungsangebotes. Schließlich galt es auch für sie, irgendwie zu überleben.

Plötzlich wurde die Katze von einem wilden Gefauche in ihrer Ruhe gestört. Genervt hob sie ihr Köpfchen und sah sich um. In einiger Entfernung sah sie eine junge Katze, die von einem großen Kater mit braunschwarzem Fell bedrängt wurde. Eigentlich vermied sie es, sich in Streitigkeiten anderer Artgenossen einzumischen. Aber war es so, dass eine schwächere Katze von einer stärkeren bedroht wurde, meldete sich in ihr so etwas wie ein Beschützerinstinkt. Es half nichts, Bella Luna musste sich erheben und wieder für Ruhe sorgen. Auch in ihrem eigenen Interesse. Schließlich hatte Rupp sie an diesem Morgen zu einer Zeit geweckt, zu der jede normale Katze noch schlief. Und jetzt bestand nun mal die Chance, den ihr so entgangenen Schlaf nachzuholen. Das Plätzchen, das sie sich dafür ausgesucht hatte, an einer Ligusterhecke im Sonnenschein, war mehr als gut dazu geeignet. Wäre da nicht dieser Lärm.

Die beiden sich anfauchenden Kontrahenten bemerkten Bella Luna gar nicht. Die tippelte in die Mitte zwischen die beiden Katzen und fragte, worum es denn gehe. Sie sah zu dem Kater, der nicht ihrem Geschmack entsprach. Er war mehr fett und alt statt muskulös und jung. „Verschwinde", fauchte der Kater sie an. „Misch dich hier nicht ein."

„Du hast meine Frage falsch beantwortet. Ich habe dich nicht gefragt, ob dir meine Gegenwart angenehm erscheint. Ich wollte wissen, warum ihr euch so aufführt?"

„Er will, dass ich lieb zu ihm bin. Ich solle ihn küssen!"

„Und das willst du nicht?", fragte Bella Luna die Antwort ahnend.

„Nein, er soll mich in Ruhe lassen!", klagte die Katze. „Ich will nach Hause!"

Bella Luna besah sich die junge Katze. „Ich habe dich doch schon einmal gesehen!", miaute sie mehr zu sich als zu dem Katzendämchen. „Natürlich, bist du nicht die kleine Verräterin, die mir und meinem Freund die Kampfhunde in die Scheune gehetzt hat? Aber natürlich, du heißt Sandy, stimmts?"

„Ja, das war ich. Ich tat das doch nur, weil ich so wütend war, weil du dich mit Casanova, meinen Liebsten, im Bauwagen am Spielplatz amüsiert hast. Bitte verzeih mir!"

„Was soll das Weibergefasel?", mischte sich der Kater ein.

„Du verziehst dich!", antwortete Bella Luna, der die gute Laune, die sie hatte, verdorben war. „Eigentlich müsste ich der jungen Katze eine Lektion erteilen", dachte sie. Aber Bella Luna hatte in ihrem Leben noch nie Gleiches mit Gleichem vergolten.

Der dicke Kater kam auf Bella Luna zu. „Ich heiße Adam und soll dir wohl zeigen, was es bedeutet, ungehorsam zu sein?"

Bella Luna fauchte, krümmte ihren Rücken zu einem großen Buckel und sträubte ihre Haare. Im Bruchteil eines Augenblicks und wie von einem Bogen abgeschossen sprang sie dem dicken Kater entgegen und zog ihm ihre rechte Pfote über sein Gesicht. Der Kater schrie auf und wollte sich wehren, als er die Pfote mit den ausgestreckten Krallen ein zweites Mal zu spüren bekam. Winselnd wälzte er sich danach auf dem Boden. Sein zerkratztes Gesicht brannte wie Feuer.

„Und du", wandte sich Bella Luna an Sandy, die junge Katze, „du verziehst dich auch, bevor ich mir noch etwas einfallen lasse, um dir für deine Gemeinheit mit den Kampfhunden zu danken! Und merke dir noch eins: Dieser Casanova ist nicht dazu geboren worden, einem naiven Kätzchen treu zu sein. Wäre eigentlich auch schade. Der hat mehr Liebchen, als du täglich Haare verlierst! So, nun zisch ab!" Die junge Katze wollte etwas erwidern, aber ein stechender Blick von Bella Luna ließ sie verstummen.

Auch der American Staffordshire Terrier hatte endlich die Stadt erreicht. Im weiten Bogen, fernab von den Straßen, über Wiesen und brachliegende Äcker hatte er sich an die Stadt herangeschlichen. Rupp entdeckte einen Trampelpfad. Der führte ihn zu einer Gärtnerei. Von dort aus schlich er, ohne sich umzusehen, durch ein schmales Gässchen, das ihn zu der großen Hauptstraße führte. Dort spähte er vorsichtig um die Hausecke. Vor einem dieser Kampfhundeplakate sah er eine Menschenansammlung, die laut diskutierte. Würde er jetzt die Hauptstraße überqueren, müsste er damit rechnen, entdeckt zu werden. Dies galt es aber unter allen Umständen zu vermeiden.

Rupp ging die Gasse ein wenig zurück. Er sah ein Fabrikgelände, das er beim ersten Vorbeilaufen nicht zur Kenntnis genommen hatte. Dort war kein Mensch. Mit schnellen Schritten lief er über den Fabrikhof und sprang über die dahinterstehende Mauer. Er landete in einem Park. Überall sprossen Frühlingsboten aus der Erde. Nur die Wiesen waren noch nicht saftig grün, eher unansehnlich grau-braun und die Bäume schmückten sich zwar mit braunen Knospen, die aber waren noch nicht stark genug, ihre verborgenen, grünen Schätze zu entfalten.

Rupp lief ziellos umher. Er achtete nur darauf, dass ihn niemand sah. Aus diesem Grund mied er den nahen Kiesweg. Plötzlich hörte er das Weinen eines Kindes. Er schlich dem, was er hörte, entgegen. So gelangte er zu einem Spielplatz. Hinter einem Bauwagen, der nur wenige Meter davon entfernt stand und mit dem Bella Luna bereits Bekanntschaft gemacht hatte, konnte er sich gut verstecken. Von dort aus beobachtete er einen blonden, kleinen Jungen. Der weinte und rief nach seiner Mama, die nicht zu sehen war und ihren Sohn deshalb auch nicht hören konnte.

Rupp sah sich um, konnte außer dem Jungen keinen Menschen erblicken. „Warum weint das Kind so sehr?“, zerbrach sich der Hund seinen Kopf. Er mochte Kinder. Plötzlich sah er einen kleinen, weißen Ball mit vielen blauen Sternen darauf. Der Ball lag dicht am Bauwagen. Der American Staffordshire Terrier lief, ohne darüber nachzudenken, zu dem Fundort, nahm den Ball in seine Schnauze und lief damit zu dem Jungen.

Der Blondschopf wischte sich mit einem Handrücken seine Tränen fort und zog einmal kräftig die Nase hoch. Rupp freute sich darüber, dass der Junge nicht mehr weinte. Er ließ den Ball vor dessen Füße fallen. Der blonde Junge hob ihn auf, strahlte übers ganze Gesicht, legte seinen rechten Arm um Rupps Hals und kam mit seiner Wange an die des Hundes. Dabei sagte er nette, freundliche Worte.

Dem American Staffordshire Terrier tat es so gut, wieder einmal von einem Menschen geliebkost zu werden. Plötzlich hörte er ein Schreien, das immer lauter und hysterischer wurde. Er schaute sich um und sah im größten Fenster eines Einfamilienhauses gegenüber des Parkes eine Frau. Sie rief: „Tim, bleib still stehen! Fass um Gottes willen den Hund nicht an. Timi, sei ganz lieb, das ist ein Kampfhund. Warte, ich komme gleich!"

Rupp wusste nicht, was er tun sollte. Er vermutete jedoch, dass die Frau in ihrer Panik alle Männer der Gegend um Hilfe rufen würde, die ihm dann nach dem Leben trachten würden. Er galt nun mal als Kampfhund.

„Zu Hilfe, der Kampfhund greift meinen Sohn an! Hilfe, die Bestie wird ihn beißen!" Die Frau überquerte schreiend und wild gestikulierend die Straße.

Rupp wunderte sich, weil sie ohne Männer kam. Doch ganz allein war die Frau nicht. Ein Collie sprang neben ihr her. „Schnapp dir den verfluchten Kampfhund!", rief die Frau ihrem Hund zu, der mit einem Satz über die kleine Hecke, die den Park begrenzte, übersprang.

Rupp rieb seine Schnauze an dem Körper des Jungen, der ihn immer noch streichelte. Der American Staffordshire Terrier erkannte, dass der auf ihn zurasende Hund eine Colliehündin war. Ihr hysterisches Bellen deutete darauf hin, dass sie keinen Spaß suchte.

Rupp sprang über eine hochgewachsene Buschgruppe. Mit diesem Sprung fühlte er sich erst einmal gerettet. Der American Staffordshire Terrier nahm an, dass die Colliehündin diese Hürde nicht überwinden würde. Jedoch hatte er sich getäuscht. Sie landete direkt neben ihm, bellte und fletschte ihre Zähne. Die Colliehündin sprang dem American Staffordshire Terrier mutig entgegen und biss sofort zu.

Rupp, der kaum zurückwich, spürte einen Schmerz in seiner Brust. Er wusste nicht, ob er sich zur Wehr setzen oder ob er fliehen sollte. Obwohl er überzeugt davon war, aus der hübschen Colliedame Gulasch machen zu können, entschied er sich zur Flucht. Entschlossen, den Kampfhund zur Strecke zu bringen, setzte die Colliehündin ihm nach.

Rupp beschleunigte so sehr, dass ein Abstand von mehreren Metern zwischen den beiden Hunden entstand. Plötzlich, als hätte der American Staffordshire Terrier einen Bremsschirm gezogen, rutschte er über den knirschenden Kies. Mit einem Sprung um die eigene Achse stand er plötzlich der angreifenden Colliehündin von Angesicht zu Angesicht gegenüber.

„Lass mich in Ruhe!", bellte Rupp. „Ich habe dem Jungen nichts getan, ihm nur seinen verloren gegangenen Ball zurückgebracht!"

Die Colliehündin blieb stehen und japste nach Luft. „Du bist ein Kampfhund. Du wolltest unseren Tim töten. Gib auf und folge mir!"

Rupp fand sich durch ihr Gebell amüsiert. Glaubte sie wirklich, dass er, ein American Staffordshire Terrier sich einfach so gefangen nehmen ließe. Dies würde im mildesten Fall bedeuten, die Menschen sperrten ihn in ein Tierheim. Im schlimmsten Fall aber würden sie ihn einschläfern. Das hielt er jedoch über alle Maßen für ungesund.

„Hör zu, du schöne Dame, es täte mir leid, dein gepflegtes Haarkleid in Unordnung zu bringen. Es gibt nur eine Lösung: Du lässt mich in Ruhe von dannen ziehen. Ich habe noch nie einem Menschen etwas zuleide getan!"

Die Colliehündin schwieg eine Weile und nutzte die Zeit zum Überlegen. Sie sah ein, dass sie gegen dieses Muskelpaket keine Chance haben würde. „Lass dich hier nie wieder blicken", kläffte sie. „Sonst hat dein letztes Stündlein geschlagen. Sie werden sowieso bald alle Kampfhunde wieder einfangen."

„Ich gehöre nicht zu den aus dem Tierheim entflohenen Hunden. Bevor ich verschwinde, könntest du mir noch deinen Namen verraten."

„Ich glaube einen Kampfhund kein Wort. Mein Name ist Layla vom Schulenhof. Der geht dich allerdings gar nichts an. Übrigens, ich gehöre zur Familie des Bürgermeisters. So, nun verkrümele dich."

„Oh, wie süß! Verkrümeln … Ja, bin ich denn ein Pudel?", bellte Rupp. Von Weitem hörte er Stimmen. Die Menschen waren wieder einmal hinter ihm her. „Schöner Name, Layla!", bellte er, bevor er im Sprint den Abstand zu seinen Verfolgern schnell vergrößerte.

Doch die Menschen kamen von mehreren Seiten. Rupp sah sich umzingelt. Es gab nur einen Ausweg: Er musste den Park verlassen. Deshalb sprang er über die Begrenzungshecke und überquerte die Straße, ohne zu sehen, ob einer dieser stinkenden Blechwagen angefahren kam. Er hatte Glück, denn es kam keiner. Männer eilten herbei. Sie rannten von rechts und von links auf ihn zu. Der Rückweg über die Hecke blieb ihm auch verwehrt, weil dort ebenfalls einige Männer nur auf ihn warteten. Eine schmale Gasse, direkt vor ihm, war die einzige Möglichkeit, den Verfolgern doch noch zu entfliehen. Der American Staffordshire Terrier sprintete wie von der Tarantel gestochen durch die Gasse und kam an der großen Hauptstraße, jener, die die Stadt in zwei Hälften teilte, heraus. Er rannte um sein Leben. Plötzlich erblickte er Bella Luna, die auf der anderen Straßenseite entlangspazierte.

„He, Bella Luna!", bellte Rupp. „Die sind hinter mir her!"

„Wo willst du denn hin?", rief ihm die überraschte Katze zu, die auch zu rennen begann.

„Ich weiß es nicht!"

Beide liefen nebeneinanderher. „Siehst du dort vorne den Wagen mit dem Schrott auf der Ladefläche?", fragte Bella Luna ihren Freund.

„Ich bin doch nicht blind!", keuchte Rupp.

„Der Fahrer stieg soeben ein", bemerkte die Katze. „Der fährt vermutlich gleich fort. Lass uns aufspringen!"

„Ich weiß nicht, ob ich das noch schaffe!", zweifelte Rupp an seinem Sprungvermögen nach so einem langen Sprint. „Kannst du denn so hoch springen?"

„Lass dich überraschen."

Hund und Katze näherten sich dem Auto. Der Lärm ihrer Verfolger wurde stärker. Gleichzeitig sprangen beide auf das mit Schrott beladene Auto, das im selben Augenblick anfuhr.

Gerettet! Die gestikulierenden und mit Baseballschlägern, Stöcken und sogar Äxten bewaffneten Verfolger wurden immer kleiner und waren bald nicht mehr zu erkennen.

„Mit einem American Staffordshire Terrier als Freund muss man sich als Katze auf einiges gefasst machen", knurrte Bella Luna und gab mit ihrer Schulter Rupp einen freundschaftlichen Stups.

Der Wagen fuhr zur Stadt hinaus. Jedoch nicht sehr weit. Wenige Hundert Meter hinter dem Ortsschild bog der Fahrer von der breiten Landstraße nach rechts ab und fuhr auf einer schmalen Straße in den Wald hinein. Hinter einer kleinen Gruppe hoher Fichten begann rechts neben der Straße ein eingezäuntes Grundstück, auf dem sich verschiedenster Schrott türmte. Rupp und seine Begleiterin sahen alte Autowracks, Stahlrohre, Gitter, große, verrostete Bleche, lange spiralförmige Drehspäne und sogar demolierte Telefonhäuschen. In der Mitte des Schrottplatzes stand ein kleines Häuschen mit weißem Kalkanstrich. Aus dem Schornstein quoll dunkelgrauer Rauch heraus.

Der Wagen hielt vor einem großen, aus zwei Teilen bestehenden Metalltor. Die Katze verlor ihren Halt beim Bremsen des Autos und rutsche zwischen zwei Stahlbleche. Zum Glück war sie so schlank, dass sie keine Verletzungen davontrug.

Ein Mann mit blauen Kittel, einer ausgewaschenen Jeans und schwarzen, Schlamm beschmierten Stiefeln kam, um das Tor zu öffnen.

Rupp und Bella Luna einigten sich darauf, so lange auf dem Wagen zu bleiben, wie es möglich war. Sie drückten sich zwischen alte Rohre und Bleche auf die Laderampe. So passierten sie ungesehen das Tor.

Der Wagen hielt vor dem kleinen Häuschen und der Motor wurde abgestellt. „Paul, den Wagen laden wir erst morgen ab!“, rief der Fahrer seinem Kollegen zu.

„Ist mir recht!“, rief der zurück. „Dann lass uns Feierabend machen!“

Beide Männer verschwanden in dem kleinen Häuschen.

Hund und Katze warteten ab, bis die Männer wieder herauskamen, um den Schrottplatz zu verlassen. Das taten sie nur wenige Minuten später. Gemeinsam fuhren sie in einem kleinen Jeep vom Schrottplatz.

Als einer der Männer das Tor verschlossen hatte, warteten Rupp und Bella Luna noch einen Moment, dann sahen sie wie auf Kommando gemeinsam über die Bordwand, ob ihnen noch Gefahr drohte. Jedoch war ringsum niemand mehr zu sehen und alles war ruhig. Nur in den Wipfeln der hohen Fichten rauschte der Wind.

„Was tun wir jetzt? Was schlägt mein tapferes Hundilein vor?“, spöttelte die Katze.

„Nennst du mich noch einmal Hundilein, mache ich aus dir Ragout. Ansonsten schlage ich vor, dass wir hier warten, bis es dämmert, um dann im Wald zu verschwinden und dort nach unserer Blockhütte zu suchen. Morgen in aller Frühe werden wir diese Stadt auf Nimmerwiedersehen verlassen.“

„Leider darf ich ja das nette Wort nicht mehr sagen, ansonsten wäre mir rausgerutscht, dass du ein schlaues Huhuhu…, du weißt schon was, bist!“

Beide verließen den Wagen und erkundeten getrennt voneinander den Schrottplatz. Bella Luna entdeckte eine Metallröhre mit so einem großen Durchmesser, dass sie und ihr Begleiter genug Platz darin fänden. Rupp entdeckte Bella Luna, als sie es sich in der Röhre bequem machte. Er berichtete ihr, dass er an zwei Stellen Löcher im Zaun entdeckt hätte, die groß genug wären, um den Schrottplatz ohne Mühen und unbeschadet verlassen zu können. Das eine Loch ließe sich sogar von ihrem Platz aus sehen. Es wäre an der Vorderseite des Schrottplatzes, nur wenige Schritte neben dem großen Tor. Das andere Loch befände sich an der Rückseite des Schrottplatzes hinter dem Haus. Bella Luna konnte das Loch nicht sehen. Es interessierte sie auch nicht besonders. Sie würde auch ohne Loch den Maschendrahtzaun überwinden können. Hund und Katze kuschelten sich aneinander und dösten eine Weile vor sich hin.

Es begann, allmählich zu dämmern. In wenigen Stunden würde es stockdunkel sein, dachte sich Rupp, und die Blockhütte mit dem kuscheligen Heu könne sich im Wald nur schwer wieder finden lassen. Deshalb gab der Hund seiner Freundin einen Stups, der sie aufwecken sollte.

„Ich hatte gerade so einen schönen Traum“, stöhnte Bella Luna und gähnte mit weit aufgerissenem Mäulchen.

„Darf ich erfahren, was du geträumt hast?“, knurrte Rupp.

„Wir waren beide bei einer netten Familie untergekommen. Dort konnten wir mit den Kindern im Garten herumtoben, durften im Haus schlafen und bekamen leckeres Fresschen!“, schwärmte Bella Luna.

„Mag sein, dass uns solche Träume überleben lassen, aber daran zu glauben, fällt mir wirklich schwer“, bemerkte Rupp.

„Du musst daran glauben!“, sagte die Katze und hob ihre Stimme. „Ich bin eine Künstlerin, eine Wahrsagerin, der die Träume oft gezeigt haben, was sich noch ereignen wird.“

„Nun genug geträumt, unser Leben sieht noch anders aus. Wir müssen aufbrechen, sonst finden wir in der Dunkelheit die Blockhütte nicht wieder.“

Bella Luna gab Rupp recht. Beide streckten sich und wollten sich auf den Weg machen, als der Hund seiner Begleiterin ein Zeichen gab, sich still zu verhalten.

„Was ist denn nun schon wieder?“, erkundigte sich Bella Luna mit gedämpfter Stimme.

„Pst, ich höre Hunde!“, knurrte Rupp sehr leise. „Das ist die Bande von Little Blue Dog!“

Hund und Katze lehnten sich aus der Öffnung der Röhre hinaus und versuchten, zu erspähen, wer sich da dem Schrottplatz näherte und ob Rupp mit seiner Vermutung recht hatte. Er hatte recht! Rupp und Bella Luna erkannten sieben Hunde, die sich hintereinander dem Loch an der Vorderseite des Schrottplatzes näherten. Ihre dunklen Silhouetten waren deutlich zu erkennen.

Rupp erkannte die große Dogge Little Blue Dog, die an dem Loch im Zaun stehenblieb und wartete, bis ihre Begleiter einer nach dem anderen durchgeschlüpft waren. Zu der Bande gehörten ein Dobermann, den Rupp noch nie gesehen hatte und zwei Pittbulls, die er auch nicht kannte. Die anderen drei Hunde, Rombo, Fats und Pubs, waren ihm und Bella Luna bereits in der Scheune begegnet.

„Lass uns abhauen“, flüsterte Bella Luna, „noch haben wir Zeit.“

„Du kannst ja gehen, ich aber will bleiben, um sie zu belauschen. Sie rechnen doch nicht damit, dass hier jemand ist. So eine Gelegenheit bekomme ich nie wieder.“

„Hör auf mich“, mahnte Bella Luna ihren Freund, „mein Verstand sagt mir, dass es sich nicht lohnt, hier den Helden zu spielen. Du weißt, ich bin unser beider Gehirn und du bist unsere Muskeln. Und die möchte ich mir nicht von sieben Killern in Stücke reißen lassen."

„Sei doch mal ruhig", knurrte Rupp. „Die hören uns womöglich noch!"

„Schwanzwedler!", giftete Bella Luna und schwieg fortan. Sie war beleidigt, hatte sie es doch nur gut gemeint.

Die Hundebande bildeten einen Kreis. In dessen Mitte schritt Little Blue Dog auf und ab. „Hört mir zu, Freunde!", forderte er die Mitglieder seiner Bande auf. „Die Menschen jagen uns gnadenlos. Ihr Ziel ist es, uns einzufangen, in Tierheime zu sperren oder uns sogar zu töten. Das können und werden wir uns nicht gefallen lassen!"

Die Gruppe hörte ihrem Anführer zu und nickte bei jedem seiner Sätze mit den Köpfen.

„Da es kein friedliches Leben mit den Menschen geben kann, bedeutet das Krieg. Wir müssen uns gegenüber den Zweibeinern behaupten. Sie sollen uns fürchten lernen! Nur so werden sie uns in Ruhe lassen. Shak, unser schlauer Dobermann, hat einen Plan entwickelt, den ich für sehr gut halte. Er wird ihn euch nun vortragen. Kampfhunde an die Macht!"

Little Blue Dogs Bande jaulte und alle wedelten mit ihren Schwänzen vor Freude. Im Chor bellten sie: „Kampfhunde an die Macht!"

„Lass uns abhauen!", flüsterte Bella Luna.

„Pst", knurrte Rupp und schüttelte seinen Kopf, „jetzt werden wir gleich erfahren, was sie vorhaben!"

Ein sehr schlanker, hochbeiniger, dunkelbrauner Dobermann gesellte sich neben seinen Anführer. „Ich habe mir etwas ausgedacht, das den Zweibeinern zeigen wird, was sie von uns zu erwarten haben. Nach der Realisierung meines Planes werden sie bei uns um Gnade betteln."

„Sag schon, was werden wir tun!", bellte Fats, der Bullterrier.

„Das wollen wir auch wissen!", bellte einer der beiden Pittbulls.

„Ja, wollen wir wissen!", bellte der andere Pittbull.

„Unterbrecht mich nicht!", knurrte der Dobermann. „Ich habe ein paar Opfer für uns ausgesucht. Es handelt sich um einen kleinen, blonden Jungen. Der ist erst fünf Jahre alt. Somit ist nicht mit viel Gegenwehr zu rechnen. Der Junge spielt oft allein auf dem Spielplatz des Stadtparks. Seine Mutter sieht nur gelegentlich aus dem Fenster ihres Hauses, von dem aus sie den Spielplatz einsehen kann. Ein kleines Hindernis, so will ich es mal nennen, gibt es dennoch: Eine Colliehündin ist meistens bei dem Jungen. Sie soll ihn beschützen."

Die Hundebande brach in Gelächter aus. Einige konnten dabei ihren Schleim nicht zurückhalten und sabberten hemmungslos.

„Dieses langhaarige Hundeweib ist das zweite Opfer", sagte Shak.

„Warum ausgerechnet dieser Junge?", fragte Rombo, der Rottweiler.

Der Dobermann grinste. „Weil der Junge der Sohn des Bürgermeisters ist. Das schüchtert die Zweibeiner noch mehr ein, wenn wir uns den Sohn des Stadtobersten als Opfer aussuchen."

„Was wollen wir genau tun?", bellte Pubs, der plumpe Bullmastiff. „Wollen wir den Jungen und die Colliehündin entführen!"

„Entführen?", wiederholte Little Blue Dog und lachte laut los, dass ein paar Krähen, die sich unweit des Schrottplatzes aufhielten, erschrocken auseinanderstiebten. „Durch eine Entführung versetzt du die Zweibeiner nicht in ausreichendem Maße in Angst und Schrecken!"

„Was dann?", winselte Fats.

„Es gibt nur eine Möglichkeit", sagte Shak. „Wir werden die Hündin und den Jungen töten?"

Die Mitglieder der Hundebande sahen sich an. „Tod der Hündin, Tod dem Jungen!", bellte Rombo, der Rottweiler, und die anderen wiederholten es im Chor.

„Und wer von uns soll es tun?", fragte Pubs und glotzte mit einem Dackelblick in die Runde.

„Unter uns gibt es welche, die etwas gutzumachen haben!", mischte sich nun wieder Little Blue Dog ein. „Sind hier nicht welche unter uns, die mit dem Katzenfreund Rupp und seiner räudigen Begleiterin nicht fertig geworden sind? Jetzt bietet sich eine Chance, es vergessen zu machen. Wir werden alle zum Spielplatz gehen. Dort werden Rombo und seine Versager Fats und Pubs die Sache erledigen. Wir anderen, das heißt Shak, die Pittbull-Zwillinge Bulli und Bullo und ich, halten uns zurück und schreiten nur im absoluten Notfall ein. Der aber wird nicht eintreten. Gibt es noch Unklarheiten?" Die Hundebande schwieg und schüttelte die Köpfe. Auch Rombo, Fats und Pubs wagten nichts zu erwidern.

„Die Sache wird allerdings erst übermorgen stattfinden. Bis dahin müssen wir uns ausruhen und uns um Nahrung kümmern!", bellte Shak, der Dobermann. „Ich habe auch dafür einen Plan ausgeheckt. Unweit von hier gibt es eine kleine Hühnerfarm. Das heißt, dort wird unser Futter gemästet. Wir müssen es uns nur noch holen."

Wieder grölte die Bande und bellte im Chor: „Alle Macht den Kampfhunden!"

„Und sind wir erst mal die Beherrscher dieser Stadt", verkündete Little Blue Dog, „werde ich mich auf die Suche nach Rupp, dem Katzenliebhaber, machen. Mit ihm habe ich auch noch eine Rechnung offen!"

Der American Staffordshire Terrier gab Bella Luna ein Zeichen, ihm zu folgen. Leise schlichen beide zu dem Loch im Zaun an der Rückseite des Schrottplatzes, um diesen Ort zu verlassen.

Schweigend liefen sie in den Wald, Rupp voran und Bella Luna dicht hinter ihm. Die hereingebrochene Dunkelheit erschwerte die Suche nach der Futterraufe und der Blockhütte mit dem Heu, in der Hund und Katze übernachten wollten.

„Ich weiß nicht, ob wir in der richtigen Richtung suchen?", schniefte Rupp plötzlich und blieb stehen.

„Mir schmerzen auch schon die Pfoten", stöhnte Bella Luna. „Wenn wir die Blockhütte nicht finden, müssen wir uns hier einen Schlafplatz suchen."

„Ich gehe noch ein Stück weiter", entschied Rupp. „Du kannst hierbleiben und dich ausruhen. Sobald ich die Hütte gefunden habe, komme ich dich holen." Bella Luna war ihm für die Pause, die sie einlegen durfte, dankbar.

Rupp lief, ohne sich noch einmal umzusehen, weiter. Nicht einmal der Mond spendete ein wenig Licht. Dicke Wolkenberge versperrten den Blick zum Himmel. Noch immer war es in den Nächten bitterkalt. Plötzlich drang ein Geruch in Rupps Nase, der seine Aufmerksamkeit weckte. Es roch nach Kartoffeln, nach Rüben und nach Heu. Die Futterraufe musste sich in unmittelbarer Nähe befinden. Rupp vertraute seiner Nase und ließ sich von diesem Geruch leiten. Er hatte Erfolg. Eilig lief er den Weg zurück, um seine Begleiterin zu holen.

Bella Luna war unter einer Tanne eingeschlafen. Der American Staffordshire Terrier stupste sie mit seiner Schnauze mehrmals behutsam an.

„Was ist denn los?", murrte die Katze noch ganz benommen.

„Folge mir! Ich habe die Blockhütte gefunden."

Bella Luna gehorchte und lief schweigend hinter ihrem Freund her. Der folgte seiner eigenen Fährte zurück zu der Hütte.

Als beide endlich an ihrem Schlafplatz angelangt waren, dauerte es nur noch einige Augenblicke, bis sie sich ins Heu kuscheln konnten. Das bedeutete, dass sich Bella Luna mit ihrem Rücken ganz dicht an Rupps Bauch drückte. Er legte wie zum Schutz eine Pfote um ihren geschmeidigen Körper. So wollten sie sich gegenseitig wärmend einschlafen.

Nach einer Weile jedoch fragte die Katze ihren Freund: „Rupp, schläfst du schon?"

„Noch nicht richtig, aber fast. Ich bin jedenfalls hundemüde! Warum schläfst du denn nicht?"

„Weil ich mir Sorgen mache“, antwortete die Katze. „Sorgen um unsere Zukunft. Lass uns morgen früh aus dieser Stadt verschwinden. Ich habe so eine Vorahnung, die nichts Gutes verspricht!“

„Ich kann hier nicht so einfach verschwinden!“, entgegnete ihr der American Staffordshire Terrier und schwieg danach.

„Du willst dich für einen Menschen und für eine verwöhnte Colliehündin von sieben gefährlichen Kampfhunden in Stücke reißen lassen, stimmt's?“

„Ich habe mit den Hunden um Little Blue Dog nichts gemein. Wenn ich gegen sie kämpfe, werden die Menschen sehen, dass nicht alle der sogenannten Kampfhunde Bestien sind. Ich muss ja nicht gegen alle sieben kämpfen. Wenn ich ihren Anführer, die blaue Dogge, besiegt habe, werden die anderen Bandenmitglieder Reißaus nehmen.“

„Träum weiter!“, miaute Bella Luna. „Glaubst du wirklich, dass sich die anderen Schwanzwedler raushalten, wenn du mit ihrem Anführer kämpfst. Die feigen Köter werden sich alle gleichzeitig auf dich stürzen. Und ich werde dir nicht helfen können. Auf keinen Fall möchte ich Zeuge deiner Hinrichtung werden. Wenn du bleiben willst, weil du lebensmüde bist, so bleibe. Ich aber werde die Stadt morgen verlassen.“

„Ist das dein letztes Wort?“, fragte Rupp und er klang sehr ernst.

„Es gibt für mich keine andere Möglichkeit!“, antwortete die Katze. „Entweder du kommst mit mir einer besseren Zukunft entgegen oder ich gehe allein und du lässt dich hier meucheln! Du kannst es dir bis morgen früh überlegen. Gute Nacht!“

Rupp konnte lange nicht einschlafen. Obwohl er sehr müde war, ließen ihn die Gedanken über seine Zukunft nicht zur Ruhe kommen. Wenn er sich jetzt aus dem Staub machen würde, wäre es nur ein Herausschieben des Kampfes mit Little Blue Dog, der immer noch seinen Bruder rächen wollte. Nein, es gab nur eine Lösung: Er musste bleiben. Bis zur endgültigen Entscheidung!

Rupp schlief dann doch noch ein und wurde erst wieder wach, als er die Kirchturmuhr in der Stadt läuten hörte. Vorsichtig tippte er Bella Luna mit einer Pfote an. Sie jedoch schlief fest. Deshalb musste er zu einem kräftigeren Mittel greifen. Mit seiner Schnauze wühlte er sich in ihre Flanke.

„Okay, lass es gut sein!“, maunzte die Katze. „In Zukunft werde ich es vermissen, dieses unsanfte Wecken zu nachtschlafender Zeit.“

„Es ist bereits hell und die Kirchturmuhr hat siebenmal geschlagen!“

„Du träumst doch!", sagte Bella Luna und öffnete ihre Augen. „Wo ist denn hier mitten im Wald eine Kirche?"

„Die Kirchturmuhr schlägt so laut, dass man sie von der Stadt bis hierher hören kann. Dazu muss man aber wach sein. So, nun auf die Beine. Ich habe heute viel vor!"

„Hey, Hundi, weißt du eigentlich, dass dies unsere letzte gemeinsame Nacht war?"

„Ich weiß es!", sagte Rupp und seine Stimme klang traurig. „Willst du nicht doch bleiben? Morgen werde ich den Jungen und die Colliehündin vor dem Überfall der Hundebande bewahren, dann ziehe ich mit dir weiter. Versprochen!"

Bella Luna putzte sich ausgiebig. „Nein, ich habe nichts Gutes gesehen, als ich von dem morgigen Tag geträumt habe. Ich will nicht dabei sein, wenn sie dich zu Grabe tragen. Und so wird es kommen, wenn ein lebensmüder Schwanzwedler gegen sieben Bestien kämpft. Ich mag dich zu sehr, als dass ich wissen möchte, wie kläglich dein Leben zu Ende geht. Nein, Rupp, hier trennen sich unsere Wege!" Bella Luna erhob sich und tippelte auf den American Staffordshire Terrier zu.

Beide sahen sich tief in die Augen. „Schade, jammerschade!", sagte Rupp leise und es klang wie ein ängstliches Winseln.

„Leb wohl, Rupp. Hier bricht die Symbiose auseinander. Gehirn und Muskeln trennen sich. Jetzt bilden wir beide nicht mehr die ideale Ergänzung."

Rupp sah über die Katze hinweg. Seine Augen wurden feucht und weil ihm die Stimme versagte, nickte er nur. Bella Luna rieb noch einmal ihren Kopf an seiner breiten Brust. Sie leckte ihm mit ihrer rauen Zunge flüchtig über seine Schnauze, drehte sich um, lief langsam und schweigend davon.

Rupp stand wie versteinert da und sah ihr nach. Wenige Augenblicke später verschwand sie im Unterholz einer Tannenschonung.

Der Blutkampf

Rupp starrte noch lange in die Richtung, in der seine Freundin Bella Luna verschwunden war. Er dachte daran, wie er sie kennengelernt hatte, damals, als er mit einem Strick um den Hals an der Landstraße an einen Apfelbaum angebunden war. Plötzlich hörte er wieder die Kirchturmglocken in der Stadt läuten. Jetzt hatten sie achtmal geschlagen. Ihr dumpfer Klang riss ihn aus seinen Gedanken. Rupp hatte etwas Wichtiges vor. Dazu musste er in den Stadtpark zum Spielplatz. Er wusste, wie gefährlich es sein würde. Noch war ein Tag lang Zeit, bis der Überfall von Little Blue Dogs Bande stattfinden sollte. Diese Zeit musste genutzt werden.

Am Himmel war kein Wölkchen zu sehen. Die Sonne zeigte sich gut gelaunt. So warm wie an diesem Tag hatte der American Staffordshire Terrier ihre Strahlen in diesem wenige Monate alten Jahr noch nicht empfunden. Rupp achtete jedoch nicht auf die gelb blühenden Schlüsselblümchen, die überall auf der Wiese, die hinter dem Wald lag und sich bis ins Tal erstreckte, blühten. Er musste vorsichtig sein und durfte sich nicht sehen lassen. Geduckt schlich er der Wiese hinab, der Stadt entgegen.

Sein Weg führte ihn durch einen nicht bewirtschafteten Bauernhof. Dahinter verlief eine kleine Straße, die in die große Hauptstraße mündete. Die musste Rupp überqueren, wollte er zum Stadtpark gelangen. Das Risiko, gesehen zu werden, schien ihm jedoch zu groß. Er machte kehrt und wollte die Stadt in weitem Bogen umgehen, um von der anderen Seite zum Spielplatz des Stadtparks zu kommen. Das bedeutete zwar, dass er viel mehr Zeit benötigte, als er geplant hatte. Es war aber sicherer und gefährdete weniger sein Vorhaben, als wenn er die Hauptstraße hätte überqueren müssen.

Ungesehen gelangte er außerhalb der Stadt an die Hauptstraße. Er war etwas erschöpft und legte sich in einen künstlich angelegten Kanal, der sich in der Nähe der Straße befand. Dieser mit Beton ausgegossene Graben diente zum Ablaufen des Wassers, wenn die Äcker durch den Fluss, der auf der anderen Seite an der Stadt vorbeifloss, überschwemmt wurden. Jetzt war es darin trocken. Es war noch gar nicht lange her, als er sich von Bella Luna verabschiedet hatte. Trotzdem musste er schon jetzt wehmütig an sie zurückdenken. „Wo ist sie wohl gerade?“, überlegte Rupp und hoffte, ihr möge nichts zustoßen.

In der Ferne krachende Gewehrschüsse vertrieben seine Gedanken. Sollten die Menschen die Hundebande beim Überfall auf die Geflügelmastanlage erwischt haben? Gab es tags darauf vielleicht gar keinen Überfall von Little Blue Dogs Bande auf den kleinen Sohn des Bürgermeisters und der Colliehündin? Alle Vermutungen konnten ihn nicht davon abhalten, seinen Plan in die Tat umzusetzen.

Rupp überquerte nun die Hauptstraße und rannte eilig zum Stadtpark. Dort gingen viele Menschen, vor allem viele ältere spazieren. Der Tag war einfach zu schön, um zu Hause zu bleiben. Der American Staffordshire Terrier benutzte nicht die fast weißen Kieswege. Er schlich sich zwischen einzelnen Büschen und Sträuchern dem Spielplatz entgegen. Dort gab es niemanden, weder spielende Kinder noch ältere Menschen, die sich auf den Bänken ausruhten.

Rupp kroch unter einen Strauch, dessen Äste bis zum langsam grün werdenden Rasen reichten. Von dort aus konnte er den Spielplatz gut einsehen. Er hoffte, dass der Junge und die Colliehündin auch heute zum Spielen kommen würden. Was sollte er tun, wenn sie dies nicht täten? Wie sollte er die beiden warnen? Ihm blieb nichts anderes übrig, als geduldig zu warten. An so einem schönen Tag war es jedoch sehr wahrscheinlich, dass sie noch zum Spielen kämen.

Endlich, Rupp hörte deutlich die Stimme eines Kindes. Er streckte seinen Kopf in die Höhe und sah in die Richtung, aus der die Stimme zu hören war. Es war ein Junge, sogar ein blonder Knabe, aber es war nicht der Sohn des Bürgermeisters. Seine Begleiterin war eine ältere Frau und keine schöne Colliehündin. Rupp vermutete, dass es sich um die Großmutter dieses Jungen handeln musste. Sollte jetzt noch der Sohn des Bürgermeisters und dessen Hündin kommen, müsste sich der American Staffordshire Terrier immer noch versteckt halten und durfte sich nicht zu erkennen geben. Er beabsichtigte aber, die beiden zu warnen. Der fremde kleine Junge kletterte auf einem Kletterpilz herum. Die ältere Frau stand daneben, hielt sich beide Hände vor den Mund und Rupp sah in ihrem Gesicht, wie viel Angst sie hatte, dass der Junge abstürzen könnte. Dieser kam gut voran und erreichte schnell den obersten Kletterring.

„Komm, Paulchen, lass uns zum Teich gehen“, sagte die Frau. „Wir wollten doch die Enten füttern.“

„Na gut!“, stöhnte der Junge, zog seinen Mund breit und verließ den Kletterpilz. Einige Augenblicke später entfernte sich die Frau mit dem Jungen an der Hand vom Spielplatz.

Kaum waren sie Rupps Blicken entschwunden, hörte er ein Gebell in so einer hohen Tonlage, wie er sie nur von einer Colliehündin kannte. Der American Staffordshire Terrier täuschte sich nicht. Layla sprang immer wieder übermütig an dem Jungen hoch, rannte fort, drehte um und hetzte wieder dem Jungen entgegen. Der streichelte und tätschelte sie.

Rupp dachte, dass die Colliehündin sehr glücklich sein müsse, wenn sie von einem Kind so geliebt wurde und bei einer Menschenfamilie leben durfte, die sie mochte. Der Junge warf seinen weißen Ball mit den vielen blauen Sternen darauf so weit fort, wie es ihm möglich war. Sofort sprintete Layla hinterher, um den Ball zu Tim zurückzubringen. Rupp sah außer den beiden niemand. Deshalb beschloss er, sich aus dem Gebüsch hervorzuwagen. Die Colliehündin suchte auf der anderen Seite des Spielplatzes an einer Buschgruppe nach dem Ball. Indessen lief Rupp auf den Jungen zu. Tim strahlte übers ganze Gesicht, weil er Rupp wiedererkannte. „Na, armes Hündchen, da bist du ja wieder“, sagte der Junge mit seinem hellen Stimmchen. „Zum Glück haben sie dich nicht erwischt, als du mir meinen Ball wiedergebracht hast.“ Der Junge legte seinen Arm um Rupps Hals und schmuste mit dem Hund. Das tat ihm gut und er wedelte freudig mit seinem Schwanz.

Plötzlich sah die Colliehündin den American Staffordshire Terrier bei dem Jungen und ihr Beschützerinstinkt trieb sie sofort dazu, den vermeintlichen Gegner anzugreifen. Sie glaubte, den kleinen Tim retten zu müssen. Rupp bellte ihr entgegen, dass er mit ihr reden müsse. Doch die Hündin schien davon nichts wissen zu wollen. Blindlings, mit fletschenden Zähnen und wildem Gebell stürmte sie dem American Staffordshire Terrier entgegen. Der rieb schnell noch einmal seinen Kopf in den Händen des Jungen, die seine Schnauze umfassten, bevor er sich zur Flucht entschloss. Rupp preschte ins Gebüsch. Messerscharfe Dornen ritzen sich in die Haut unter seinem kurzhaarigen Fell. Er hoffte, dass die Colliehündin ihm nicht folgen würde. Doch die Hündin schien außer sich vor Wut, achtete auf kein Gebüsch und keinen Strauch. Sie verkürzte den Abstand zu Rupp immer mehr.

Der American Staffordshire Terrier drehte sich um und stand ihr gegenüber. „Lass dir doch mal etwas erklären. Es geht um Leben oder Tod!“

Doch die Hündin hörte nicht auf ihn und warf sich angriffslustig Rupp entgegen. Sofort biss sie ihn wieder in die vor wenigen Tagen erst verheilte linke Schulter. Rupp heulte auf und wich zurück. „Du willst unseren Tim töten, du Bestie. Ich werde dich vernichten!“, bellte die Colliehündin und warf ihren geschmeidigen Körper wieder in den Kampf. Rupp blieb nichts anderes übrig, als sich zu verteidigen. Im Bruchteil einer Sekunde überlegte der American Staffordshire Terrier, wie er das anstellen sollte, ohne seine Gegnerin ernsthaft zu verletzen. Er wich noch einmal zurück, setzte zum Sprung an und katapultierte sich der Colliehündin entgegen. Durch die Wucht des Aufpralls wurde sie zu Boden geschleudert. Rupp sprang auf die Colliehündin und drückte sie mit seinen Vorderpfoten zu Boden.

Layla erkannte, dass sie ihm hoffnungslos unterlegen war und winselte: „Du kannst mich töten, aber verschone den Jungen!"

„Ich will weder dir noch dem Jungen etwas zuleide tun", knurrte Rupp, dem die offene Wunde auf seiner Schulter wie Feuer brannte. „Im Gegenteil, ich will …"

„Lass mich los!", bettelte die Colliehündin. „Du bist nun mal ein Kampfhund und nur auf dieser Welt, um zu töten!"

„Das ist doch dummes Gebell!", sagte Rupp und nahm seine Pfoten von ihr. „Ich habe gehört, dass die Hundebande morgen den Jungen und dich töten will, um den Menschen zu zeigen, dass sie euch beherrscht!"

„Du willst dich doch nur wichtigmachen", bellte die Hündin. „Die Menschen jagen die Kampfhunde überall. Erst vor Stunden haben die Bestien die Hühnerfarm angegriffen. Obwohl die Menschen sie dabei überrascht haben, auch auf die Bestien schossen, gelang es ihnen leider wieder, zu flüchten."

Plötzlich waren Menschen zu hören. Vermutlich waren sie durch das wilde Gebell der Colliehündin angelockt worden. Rupp wusste, dass ihm nur wenig Zeit bliebe. „Layla, ich finde dich sehr schön. Nie könnte ich dir etwas antun. Ich will doch nur, dass du und der Junge so lange euer Haus nicht mehr verlasst, bis die Menschen die Hundebande gefangen genommen hat. Layla, ich habe geträumt, mit dir zusammen bei der Familie des Jungen zu leben, wo wir beide miteinander glücklich werden könnten."

„Wenn ich dir doch nur vertrauen könnte", stöhnte die Colliehündin. „Wie soll ich morgen den Jungen zurückhalten, wenn er auf den Spielplatz möchte? Ich glaube aber auch, dass sich die Kampfhundebande gar nicht in die Nähe der Menschen trauen wird!"

Rupp bellte schnell noch: „Ich habe dich gewarnt. Pass auf dich und den Jungen gut auf! Layla, ich mag dich. Lebe wohl. Die Menschen werden gleich hier sein!" Rupp beeilte sich, den Stadtpark zu verlassen. Er rannte auf dem gleichen Weg, den er zur Stadt gekommen war, zurück in den Wald. Sein Ziel war die Blockhütte. Dort wollte er sich ausruhen und die Nacht verbringen. Der nächste Tag würde all seine Kraft fordern.

***

Bella Luna war immer noch müde, als sie die Stadt verließ. Die Katze hatte geträumt, es würde eine schöne Zukunft auf sie warten. Daran wollte sie fest glauben. Nur konnte sie in ihrem Traum nicht genau erkennen, ob sie ihr Glück doch noch bei den Menschen oder bei einem umherstreunenden Kater finden sollte. Wenn Rupp sie begleitet hätte, hätte sie sich auch vorstellen können, mit ihm eine glückliche Zeit zu verbringen. Es tat ihr sehr leid, dass er in der Stadt zurückgeblieben war, um dem sicheren Tod entgegenzugehen. Sie war davon überzeugt, würde es für Rupp zu einer Auseinandersetzung mit der Kampfhundebande kommen, so ließe sich ein Kampf bis aufs Blut nicht vermeiden. Diese Bestien würden nicht fair mit ihrem Freund umgehen. Sie würden nicht einer nach dem anderen gegen den American Staffordshire Terrier antreten. Alle Mitglieder von Little Blue Dogs Bande würden sich gleichzeitig auf ihn stürzen. Davon war Bella Luna überzeugt.

Plötzlich lenkte eine Spitzmaus, die am Straßenrand umherflitzte, Bella Lunas Aufmerksamkeit von ihren Gedanken über Rupps Zukunft ab. Der Katze knurrte schon seit einigen Stunden der Magen. Noch war sie nüchtern wie ein Mäuseschwänzchen. Aber der kleine graubraune Happen bot sich als Frühstück und Mittagessen gleichermaßen an. Zum Frühstück war es eigentlich zu spät und fürs Mittagessen noch zu früh. Die Katze lief auf die Maus zu und berührte sie unsanft mit ihrer Pfote. Das Mäuschen flitze schnell davon. Die Katze miaute: „Ich lasse dir etwas Vorsprung. Es soll fair zugehen. Aber im Leben geht's nur sehr selten fair zu!“ Sie leckte sich mit ihrer Zunge über ihr Mäulchen und mit einem gezielten Sprung landete sie neben dem kleinen Nager. Sekunden später zappelte die Maus im Katzenmaul. Bella Luna legte sich mit ihrer Beute hinter einen Baum, um ungestört von vorbeirasenden Stinkfahrzeugen die Maus verspeisen zu können. Ein Leckerbissen war eine Maus nie für die Katze gewesen, für keine Katze. Mäuse waren nur leicht zu fangen und so ein schnell besorgtes Häppchen, wenn einen der Hunger zu sehr plagte. Jedoch als Spielzeug, als Trainingsobjekt für die Jagd, um die Reaktion zu überprüfen und die Sprunggenauigkeit zu verbessern, dazu eigneten sich Mäuse sehr gut.

Bella Luna war zwar von der Maus nicht satt geworden, aber sie half, ihren Hunger zu mildern. Die Katze kam an die kleine Straße, die nach rechts von der Hauptstraße in den Wald abbog, hinter dem der Schrottplatz lag. Automatisch musste sie wieder an Rupp denken. Manchmal war es ihr richtig unheimlich, wie oft sie an ihn dachte.

Sie sagte dann zu sich selbst: „Ey Mieze, das ist ein Hund, ein ganz normaler Schwanzwedler, und kein Kater!“ Doch eigentlich, so dachte sie, war Rupp kein normaler Hund. Er besaß so etwas wie Würde. Das hatte sie bei keinem Schwanzwedler zuvor entdecken können. Die Hunde, die ihr bisher über den Weg gelaufen waren, entpuppten sich alle als Katzenhasser bis ins Knochenmark. Nein, Rupp wäre auch ein super Kater geworden, wenn es das Schicksal so gewollt hätte. In der Nähe des muskulösen, durchtrainierten American Staffordshire Terriers hatte sie sich immer beschützt gefühlt.

Bella Lunas Füße begannen zu schmerzen. Die Sonne hatte bereits ihren höchsten Punkt am stahlblauen, wolkenlosen Himmel überschritten, als sich die Katze entschloss, ein Plätzchen für die bevorstehende Nacht zu suchen. Links und rechts der Hauptstraße war leicht zu überschauendes Gelände. Die noch vom Winter strapazierten Wiesen eigneten sich weniger gut zum Übernachten.

„Etwas, das einem auch den gewissen Schutz und Komfort biete, müsste es schon sein“, dachte Bella Luna und erblickte am Waldrand einen einachsigen Wagen, der unter der Deichsel abgestützt wurde, um nicht nach vorn zu kippen. Es war ein alter Wagen, wie ihn Schafhirten oft benutzen, vermutete die Katze und lief auf ihn zu, um ihn aus der Nähe zu betrachten. An der hinteren Seite war ein Spalt in der Bretterwand. Der war groß genug, dass sich die Katze hindurchzwängen konnte. In dem nach modrigem Holz riechenden Wagen war es stockdunkel. Das störte die Katze aber nicht. Sie fand unter einer Sitzbank eine alte, nach Mäusen riechende Wolldecke. Damit war Bella Luna zufrieden und die Herberge für die kommende Nacht gefunden. Die Katze verließ den Wagen aber wieder, um sich noch nach ein paar Mäusen umzusehen. Mit knurrendem Magen schlief es sich schlecht.

Sie war schließlich erfolgreicher, als sie es selbst vermutet hatte. Vier Graupelze konnte sie in Kürze hintereinander verspeisen. Das war bis zur nächsten Mahlzeit am kommenden Morgen völlig ausreichend. Vorausgesetzt, sie würde dann auch wieder etwas Fressbares finden. Ein Vögelchen oder gar eine kleine Forelle aus dem Flüsschen, das zur Stadt floss, wären ihr willkommener als Mäuse. Doch bis dahin musste erst einmal diese Nacht vergehen.

Bella Luna kehrte zu dem alten Wagen zurück, zwängte sich durch den Bretterspalt und kuschelte sich in die alte, mäusestinkige Wolldecke. Die Katze fand es sehr gemütlich und schloss die Augen, obwohl es draußen noch nicht einmal dämmerte. Ein wenig vorschlafen konnte nicht schaden.

„Den Schlaf, den ich habe, kann mir keiner mehr nehmen“, schnurrte sie vor sich hin. Außerdem beschloss sie, so lange zu schlafen, bis sie von selbst wach werden würde. Sie hatte es nahezu als Grausamkeit empfunden, wenn Rupp morgens mit seiner kalten Nase in ihre Flanken gestupst hatte, um sie zu wecken. *Peng* ... und schon war der American Staffordshire Terrier wieder in ihren Gedanken. Doch die Müdigkeit verdrängte ihn gleich wieder und die Katze schlief ein.

Bella Luna musste sehr müde gewesen sein, denn sie erwachte erst am späten Vormittag. Ein schlimmer Traum hatte sie geplagt. Nun war sie wach und wusste genau, wie spät es war, weil der Wind den dumpfen Klang der läutenden Kirchenglocken von der Stadt bis zu ihr hertrug. Die Kirchenglocken schlugen zehn Mal. Bella Luna verließ den Wagen und machte sich auf den Weg zum Fluss. Dort wollte sie etwas Wasser trinken, denn sie plagte nun nicht mehr der Hunger, sondern der Durst. Allerdings würde sie eine leckere Forelle nicht verschmähen. Wichtig war ihr es auch, sich ausgiebig zu pflegen und zu reinigen, bevor sie den Weg in die nächste Ortschaft fortsetzen wollte.

„Es kann einem noch so mies ergehen“, dachte Bella Luna, „aber ansehen lassen muss man es sich nicht!“

Kaum hatte die Katze den Wagen verlassen, meldeten sich wieder die Gedanken an Rupp. Es war seit langer Zeit der erste Morgen, an dem sie ohne ihren Freund den Tag begann. „Vielleicht ist es Rupps letzter Tag, der Tag eines tödlich endenden Blutkampfes“, dachte sie sich.

Das Wasser des kleinen Flüsschens war sehr kalt, aber klar und sauber. Vor allem aber löschte es den Durst der Katze. Plötzlich, als hätte sie es geahnt, huschte eine Forelle über das kiesreiche Flussbett. Bella Luna konnte sie deutlich erkennen – trotz der funkelnden Wasseroberfläche. Ihre Zunge wanderte im Kreis über die Lippen ihres Mäulchens. Mit einer Pfote schlug die Katze nach der schwimmenden Delikatesse. Mit ihren scharfen Krallen gelang es ihr, die Forelle zu treffen. Doch ihr Opfer lebte noch. Immer wieder schlug die Katze nach ihr. Endlich schwamm der Fisch bäuchlings an der Wasseroberfläche und blieb etwas weiter flussabwärts an einem quer im Wasser verkeilten Ast hängen. Bella Luna war eilig ihrer Mahlzeit gefolgt. Es half nichts, sie musste ins Wasser gehen, um sich ihre Beute herauszuholen.

Es hatte länger gedauert, als es der Katze lieb war. Sie hasste es, sich ihr Fell durch das Wasser verfilzen zu lassen. Doch der Wille, die Forelle zu verspeisen, war größer als die Abneigung gegenüber dem Wasser. Bella Lunas Mühe wurde belohnt. Noch am Ufer des Flusses ließ sie sich den frischen Fisch schmecken.

Gestillt war Durst und Hunger. Nach ausgiebiger Pflege ihres Felles, das durch das Wasser struppig geworden war, entschloss sie sich, ihren Weg fortzusetzen. Sie wusste nicht genau, wohin er sie führte, wusste nicht, wie weit er sein würde, aber sie vertraute ihrer Hoffnung auf eine glückliche Zukunft.

Die Sonne am wolkenlosen Himmel hatte bereits ihren höchsten Stand am Himmel überschritten. Durch das Tal schlängelte sich der kleine Fluss parallel zu der sich windenden Asphaltschlange. In großen Abständen hörte die Katze immer wieder einmal eines dieser stinkenden Ungetüme darüber donnern. Sie hasste Autos. Nicht ohne Grund. In der vergangenen Nacht hatte sie geträumt, ein Auto hätte sie beim Überqueren der Straße angefahren. Sie hatte in ihrem Traum gesehen, wie sie blutete. Der Traum war so deutlich gewesen, dass sie sich sofort, als sie ihre Augen öffnete, daran erinnerte. Die schrecklichen Bilder hatten sich in ihr Gedächtnis fest eingebrannt. Wenn Bella Luna ein Auto hörte, fiel ihr unwillkürlich dieser hässliche Traum wieder ein.

Die Katze lief auf der graubraunen Wiese neben der Straße entlang. Das Grün in den Gräsern konnte sich noch nicht entfalten. Doch die Tage wurden immer länger und wärmer. Auch nachts gab es schon seit einiger Zeit keinen Frost mehr.

Plötzlich blieb Bella Luna stehen. „Was mache ich hier eigentlich?“, maunzte sie vor sich hin. „Wieso lasse ich den einzigen Freund, den ich habe, im Stich?“

Die Katze drehte sofort um und lief mit schnellen Schritten zurück, der Stadt entgegen, die sie vor wenigen Stunden erst verlassen hatte. „Rupp, mein lieber Schwanzwedler!“, rief sie. „Auch wenn ich dich nicht retten kann, so werde ich dir doch beistehen. Irgendwie gehöre ich doch zu dir, Ruppilein!“ Sie befürchtete aber, nicht mehr rechtzeitig zum Spielplatz im Stadtpark zu gelangen. Bella Luna ärgerte sich über sich selbst, weil sie die Entscheidung, Rupp beizustehen, auch eher hätte treffen können.

„Es kann gut möglich sein, dass ich mich einer Katze unwürdig verhalte“, kam es über ihre Lippen. „Ja, vielleicht bin ich sogar verrückt! Aber es muss sein!“ Leise stöhnte sie vor sich hin: „Hund und Katze, nicht normal!“

***

Rupp wurde wach, kroch zur Tür der Blockhütte und steckte seinen Kopf hinaus. Es dämmerte. Der Himmel leuchtete in einem zarten Blau, vor dem sich deutlich die schwarzen Silhouetten der Fichten abzeichneten. Kalt war es und die Luft war feucht. Rupp fror und zog sich in die Hütte zurück. „Wie schön wäre es, sich jetzt noch eine Weile an Bella Luna zu kuscheln!“, dachte er und überlegte, wo sie jetzt wohl sein möge. Nur eins stand für ihn fest, egal wo sie sein mochte, mit hoher Wahrscheinlichkeit schlief sie noch tief und fest. Der American Staffordshire Terrier döste gedankenversunken vor sich hin. Noch war dafür Zeit.

Als er die Glocken der Kirche zehnmal schlagen hörte, machte er sich auf den Weg in die Stadt. Sein Ziel war der Spielplatz im Stadtpark. Rupp entschied sich, den gleichen Weg zu nehmen, den er tags zuvor bereits gegangen war. Das war zwar ein Umweg, aber er war sicherer. Würden ihn die Menschen vor der Umsetzung seines Planes entdecken, wären der kleine Sohn des Bürgermeisters und Layla, die Colliehündin, schutzlos der Bande von Little Blue Dog ausgeliefert. Rupp wollte sich so vorsichtig, wie es ihm nur möglich war, verhalten.

Ohne entdeckt zu werden, erreichte er den Stadtpark. Ständig im Schutz von Hecken und Sträuchern schlich er dem Spielplatz entgegen. Alles war still. Die Sonne zeigte sich gut gelaunt und am Himmel gab es nicht ein Wölkchen. Die Luft war klar und frisch an diesem Vormittag.

„Der Tag ist zu schön, um zu Hause in der Wohnung zu sitzen“, dachte der American Staffordshire Terrier. Da die Colliehündin seine Warnung vom Vortag sicherlich nicht ernst nahm, würden sie und der Junge bald erscheinen.

Rupp legte sich unter einen Strauch, dessen Äste bis zur Erde reichten. Die boten ihm den notwendigen Schutz, so würde ihn niemand entdecken. Er konnte den Spielplatz gut beobachten. Der American Staffordshire Terrier legte seinen Kopf auf seine weißen Vorderpfoten und döste vor sich hin. Während er so dalag, hörte er die Kirchturmuhr erst elf Mal, später zwölf und noch später einmal läuten. So vergingen die Stunden und es tat sich nichts auf dem Spielplatz. Während der gesamten Zeit, die er nun schon unter dem Strauch lag, sah er zwei ältere Frauen, die am Spielplatz vorbeispazierten, sah er eine junge Frau mit einem Kinderwagen und einen alten Mann, der sich auf einer Parkbank ausruhte. Der Mann hatte sich eine Zigarre angezündet und blies in regelmäßigen Abständen übel riechende Rauchwolken in die Luft. Als der alte Mann die Zigarre aufgeraucht hatte, erhob er sich und verließ den Park.

Rupp überlegte, ob vielleicht doch gar nichts passieren würde. Vielleicht hatten die Menschen gestern die Hundebande nach dem Überfall auf die Geflügelmastanlage doch noch einfangen können. Oder die Colliehündin befolgte seine gestrige Warnung und verhinderte, dass sie und der Junge zum Spielplatz gingen.

Der American Staffordshire Terrier beschloss, wenn die Kirchturmuhr dreimal schlug und sich bis dahin nichts Außergewöhnliches ereignet hatte, sich auf den Weg in den Wald zu machen. Rupp litt unter Hunger, den es zu stillen galt. Er konnte sich schon gar nicht mehr daran erinnern, wann er das letzte Mal etwas gefressen hatte.

Am nächsten Tag, so hatte er in der Nacht beschlossen, wollte auch er die Stadt verlassen und Bella Luna folgen. Vielleicht hatte sie recht und beide fanden in einer anderen Ortschaft ihr Glück. Jedoch gefiel ihm auch Layla sehr. Vor allem, weil sie eine Hündin und keine Katze war. Aber wie sollte er mit der Colliehündin zusammenkommen? Jetzt, wo alle Menschen in Panik gerieten, wenn sie einen von ihnen als Kampfhund bezeichneten Streuner auf der Straße entdeckten. Außerdem wusste er nicht, ob ihn Layla überhaupt mochte.

Mit Bella Luna war das etwas anderes. Sie waren ein gut eingespieltes Team, bei dem sich einer auf den anderen verlassen konnte. Sie waren mehr als nur gute Freunde geworden. Sollte es mehr geben als Freundschaft zwischen einem Hund und einer Katze, gar Liebe? Vielleicht lag die Antwort in der Mitte, vielleicht gab es etwas, das mehr war als Freundschaft und dennoch weniger als Liebe. Aber er akzeptierte Bella Lunas Entscheidung, ihn allein zu lassen.

Die Kirchturmuhr schlug zweimal. Noch eine Stunde wollte Rupp unter dem Busch ausharren, bevor er den Spielplatz wieder verließ. Vielleicht bluffte Little Blue Dog bloß und es ereignete sich gar nichts!

Kaum hatte er seine Gedanken verscheucht, hörte er einen Zweig zerbrechen und nahm hechelnde Laute wahr. „Es war so weit“, schoss es ihm durch den Kopf. „Sie sind da. Die feige Bande ist wirklich gekommen.“ Der American Staffordshire Terrier lugte unter seinem Busch hervor und erkannte deutlich alle sieben Bandenmitglieder. Jetzt galt es, sich außer vor den Menschen auch vor ihnen zu verstecken. Rupp sah den Bauwagen. Das war die Lösung. Der stand etwas abseits vom Spielplatz, aber noch vor den Büschen, Sträuchern und Hecken. Mit drei gewaltigen Sprüngen würde er den Bauwagen erreichen.

Der American Staffordshire Terrier setzte zu den Sprüngen an. Rupp bekam so viel Schwung, dass er sich nicht halten konnte und auf den Kies entlang etwas unter den Bauwagen rutschte. Hier würde ihn niemand entdecken, weder die Menschen noch die Hunde. Froh war er allerdings darüber, dass sie ihn nicht gehört hatten.

Rupp drückte sich hinter eins der Räder und beobachtete die Bande. Die blaue Dogge lief voran. Sie zog den Kopf tief zwischen die Schultern. Ihr folgte Shak, der Dobermann. Hinter den beiden krochen in einer Reihe Bulli und Bullo, die Pittbull-Zwillinge, und Fats der Bullterrier. Dahinter schlichen sich Rombo, der Rottweiler, und Pubs, der massige Bullmastiff, an den Spielplatz heran.

Little Blue Dog machte zwei Kopfbewegungen, die den anderen verständlich machen sollten, dass sie sich kreisförmig um den Spielplatz zu verteilen hatten. Die Bande gehorchte ihrem Anführer. Wäre Rupp auf seinem vorherigen Platz geblieben, spätestens jetzt hätten sie ihn entdeckt. Rupp hoffte immer noch, dass ihm die Colliehündin gestern, als er sie gewarnt hatte, glaubte und nun verhindere, mit dem Jungen zum Spielplatz gehen zu müssen.

Es war einige Zeit vergangen und Rupp fühlte sich in seiner Vermutung immer mehr bestätigt, dass Layla und Tim nicht mehr kommen und die Hundebande das Nachsehen haben würde. Plötzlich jedoch hörte er ein helles Kinderstimmchen. Der American Staffordshire Terrier hob seinen Kopf und richtete seinen Blick in die Richtung, aus der er die Stimme vernommen hatte. Gern hätte er sich getäuscht, aber der Sohn des Bürgermeisters und die schöne Colliehündin erschienen nun doch. Der Junge spielte mit seinem weißen Ball mit den vielen blauen Sternen darauf. Layla sprang laut bellend an dem Jungen hoch. Tim warf den Ball fort und die Hündin brachte ihn zurück.

Rupp ärgerte sich, weil die Colliehündin nicht einmal so vorsichtig war und sich auf dem Spielplatz genauer umsah, bevor sie mit dem kleinen Jungen dort herumtobte. Er wandte seinen Kopf abwechselnd zu den Büschen und Sträuchern, hinter denen sich die Mitglieder der Hundebande versteckt hielten, und zu dem kleinen Jungen und der Colliehündin. Er spürte, dass es jeden Augenblick zur Katastrophe kommen konnte. Rupp wusste nicht, was er tun sollte.

Plötzlich schoss der Junge mit seinem Fuß den Ball so weit fort, dass dieser erst an einem Strauch liegen blieb. Sofort preschte Layla hinterher, um den Ball zu apportieren. Kaum war sie an dem Strauch angekommen, trat aus dem Gebüsch Rombo, der Rottweiler, heraus. Er fletschte seine Zähne und knurrte. Dabei sträubte sich sein Fell. Rupp sah, wie die Colliehündin zusammenzuckte. Warum hatte sie nicht auf ihn gehört? Nur dieses eine Mal!

Layla rannte zurück zu Tim. Der umklammerte die Hündin ängstlich am Hals. Sie bellte in die Richtung des Rottweilers. Doch der ließ sich davon nicht beeindrucken. Im gleichen Augenblick verließen Fats, der Bullterrier, und Pubs, der massige Bullmastiff, ihre Verstecke. Dem Bullmastiff tropfte Schleim von den Lefzen seiner Schnauze. Beide Hunde zeigten der Colliehündin ihre Zähne und signalisierten, dass sie nichts Gutes im Schilde führten.

Dann kamen auch die übrigen Bandenmitglieder hinter den Büschen hervor. Bis auf Little Blue Dog fletschten alle ihre Zähne. Die blaue Dogge aber schien zu grinsen. Sie genoss den Anblick der ängstlichen Hündin und des zitternden Kindes.

„Den Jungen werde ich fressen. Nur töten werde ich ihn nicht!", bellte Little Blue Dog den anderen Bestien zu. „Die schöne Colliedame überlasse ich euch!"

Die Bandenmitglieder grölten vor Freude. „Kampfhunde an die Macht!", bellte Little Blue Dog. „Tod der Hündin, Tod dem Jungen!"

Das war das Signal zum Angriff. Sofort rannte Fats, der Bullterrier, auf die verängstigten Opfer zu. Für Rupp gab es nun kein Halten mehr. Hastig kroch er unter dem Bauwagen hervor und sprintete in die Richtung des Angreifers. Es gelang ihm, kurz bevor der Bullterrier den Jungen anspringen konnte, Fats seitlich am Hals zu erwischen und zu Boden zu reißen. Der Bullterrier heulte auf und fiel tot in den Sandkasten. Aus seinem Hals spritze dunkelrotes Blut. Rupp hatte ihn die Halsschlagader durchgebissen. Tim, der Sohn des Bürgermeisters, rannte weinend fort.

Der American Staffordshire Terrier entschloss sich, Layla zu helfen, die sich gegen Rombo zur Wehr setzen musste. Doch die zierliche Hündin konnte dem Rottweiler nichts entgegensetzen. Sie bellte und biss wild um sich. Damit konnte sie aber nichts gegen Rombo ausrichten.

„Tötet den Katzenliebhaber!", bellte Little Blue Dog aus voller Kehle.

Rupp hatte Layla und Rombo fast erreicht, als ihn Pubs ansprang. Die Wucht des Aufpralls durch den Fleischkoloss war so groß, dass der American Staffordshire Terrier umfiel. Beide Hunde wälzten sich auf dem unansehnlichen Rasen herum. Sie bellten und bissen sich. Rupp spürte, wie die Zähne des Bullmastiffs tief in seinen Rücken eindrangen. Ihm gelang es dennoch, sich aus seiner misslichen Position herauszuwinden. Er kam auf die Beine und Pubs sprang Rupp erneut an. Dem gelang es aber diesmal geschickt, seinem Angreifer auszuweichen. Er öffnete seine Schnauze und verbiss sich im dicken Hals des Bullmastiffs. Erbarmungslos presste er seine kräftigen Kiefer aufeinander. Rupp spürt, wie Pubs die Kräfte verließen. Sekunden später brach der Bullmastiff zusammen.

Zum ersten Mal war Rupp seinen früheren Peinigern, die ihn einst aus dem Tierheim geholt hatten, für ihre brutale Ausbildung dankbar. Er sah zu Layla, die sich nur mit größter Anstrengung den Beißattacken des Rottweilers erwehren konnte. In dem Moment, als Rupp sich auf Rombo stürzen wollte, befahl Little Blue Dog seinem treu ergebenen Dobermann, dass dieser den Katzenfreund töten solle.

Rupp machte eine Drehung und stürmte Shak entgegen, ließ sich fallen und rutschte mit Schwung dem schlanken Dobermann in die Beine. Der konnte sich auf seinen dünnen Beinen nicht halten und kam sofort zu Fall. Rupp setzte sein bewährtestes Mittel ein und biss den Dobermann seitlich in den Hals. Blut spritzte und Shak brach tot zusammen.

Der American Staffordshire Terrier sah plötzlich ein halbes Dutzend Männer zum Spielplatz rennen. Vermutlich hatte der Sohn des Bürgermeisters ihnen geschildert, was sich im Stadtpark ereignete. Er erkannte auch, dass sie Gewehre mit sich trugen. Doch Rupp war nicht bereit, zu fliehen. Noch kämpfte Layla um ihr Leben. Er sah, dass sie am rechten Ohr und am linken Hinterbein blutete. Er wollte ihr beim Kampf mit Rombo helfen, auch wenn er dabei sein Leben verlieren würde.

Die Blicke des Rottweilers und des American Staffordshire Terriers trafen sich. Hass blitzte in ihren Augen auf. Der Rottweiler ließ endlich von der geschundenen Colliehündin ab und stürzte sich auf Rupp. Der spürte, wie ihm sein Gegner die Zähne in die linke Schulter rammte. Sofort sprang Rupps langsam verheilende Wunde wieder auf. Blutüberströmt brach der American Staffordshire Terrier zusammen. Rombo war über ihn und wollte dem, wie es schien, unterlegenen Rupp in den Hals beißen. Doch der rutschte mit einer geschickten Körperbewegung zur Seite. Aus dieser Position heraus gelang es Rupp, seinem Widersacher in die Brust zu beißen. Genau über dessen Herz. Der Rottweiler heulte auf, winselte und brach zusammen. Er war tot!

Rupp triefte Blut aus der Wunde auf seiner linken Schulter. Große rote Pfützen breiteten sich auf dem Spielplatz aus. Der American Staffordshire Terrier litt Höllenqualen. Ihm wurde es in immer kürzer werdenden Abständen schwarz vor den Augen. Dennoch konnte er erkennen, dass ihn nun auch noch die Pitbull-Zwillinge angriffen. Rupp glaubte sich seinem Ende nahe. Plötzlich krachen kurz hintereinander zwei Schüsse. Die Pittbulls brachen tödlich getroffen zusammen.

Auch Rupp taumelte. Er sah, wie Layla schwer verletzt von einem Mann fortgetragen wurde. Der American Staffordshire Terrier atmet noch einmal tief. Dann hörte Rupp tiefes Gebell. Es kam von Little Blue Dog. Von der Hundebande war nur noch die dunkelblaue Dogge am Leben. Rupp spürte, wie ihm das Blut aus dem Kopf wich. Ihm wurde schwarz vor den Augen und seine Beine gaben nach. Im Fallen erkannte er noch, wie die blaue Dogge ihm wütend entgegenpreschte. Er wusste, dass er gegen Little Blue Dog in seinem Zustand chancenlos war und in wenigen Augenblicken sterben würde. Bevor Rupp auf den Blut überströmten Rasen zusammensackte, hörte er noch einen Schuss.

Bella Luna kommt zurück

Bella Luna hörte von der Stadt her Schüsse krachen. „Haben die wohl etwas mit Rupp und der Kampfhundebande zu tun?“, grübelte sie. War ihr Freund vielleicht gar nicht mehr am Leben?

Endlich konnte sie aus der Ferne die Kirchturmspitze der Stadt sehen. Die Uhr der Kirche schlug fünfmal. Der Katze war es nicht möglich, noch schneller zu laufen. Ihr brannten bereits die Pfoten. Auf dem Weg zur Stadt erspähte sie mehrere kleine Mäuschen auf den aufgebrochenen Äckern. Die kleinen Nager kamen mit dem Leben davon, weil die Katze nur eins im Kopf hatte: Sie wollte Rupp beistehen und hoffte, dass sie nicht erst am Spielplatz eintreffen möge, wenn jede Hilfe zu spät kam.

Endlich erreichte sie die ersten Häuser. In den Straßen fiel ihr auf, dass sich überall kleine Menschengrüppchen gebildet hatten. Es wurde rege diskutiert. Um was es genau ging, konnte sie nicht verstehen. Bella Luna war fest davon überzeugt, dass etwas passiert sein musste. Ihr war auch klar, dass sie zu spät kommen würde und dann vielleicht nichts mehr für Rupp tun konnte. Trotz schmerzender Pfoten begann die Katze zu rennen. Sie hetzte blindlings über die Straßen. Autos quietschten und irgendwo dahinter donnerten Blechkarossen aufeinander. Bella Luna fiel ihr letzter Traum ein, in dem sie gesehen hatte, dass sie von einem Auto angefahren worden war.

„Dumme Katze!“, zischte sie über sich selbst verärgert. „Willst du diesen Mäusekacktraum selbst verschuldet wahr werden lassen? Also pass besser auf dich auf!“ Bella Luna bog in die Straße ein, die zum Stadtpark führte. Die Katze sprang durch ein Gebüsch. Dabei zerzauste sie sich ihr Fell. Jedoch nahm sie es nicht zur Kenntnis. Was scherte sie in diesen Moment ihr Aussehen? Jetzt galt es, ihrem Freund beizustehen. Das war das Wichtigste, wenn es nicht schon längst zu spät dazu war.

Auf dem Spielplatz war niemand zu sehen. Ihr fielen aber sofort die Kampfspuren auf. Die waren nicht zu übersehen. Überall lagen mit Sand bedeckte Blutlachen, verschieden große dunkelrote Pfützen. Bella Luna wurden die Augen feucht. „Ist Rupp bereits tot?“, zermarterte sie sich ihren Kopf.

„Was willst du denn noch in dieser Stadt!“, fragte jemand hinter ihr.

Bella Luna stand seit Minuten wie versteinert auf dem Spielplatz. Die

Stimme erkannte sie sofort. Sie drehte nur ihren Kopf herum. Und nun, als sie die Fragende auch sehen konnte, wusste sie, dass sie sich nicht getäuscht hatte. Sandy stand hinter ihr, hielt den Kopf schief, als erwarte sie endlich eine Antwort.

„Was ist passiert?", fragte Bella Luna, in sich eine Vorahnung spürend.

„Du kommst zu spät! Es war schrecklich, ein richtiges Blutbad, ein Gemetzel!", erzählte Sandy und verdrehte ihre grasgrünen Augen.

„Mit wem kämpften die Kampfhunde ...", wollte Bella Luna ihre Frage beginnen, als ihr Sandy ins Wort fiel.

„Die Kampfhunde wollten dem Sohn des Bürgermeisters und dessen Colliehündin ans Leben. Aber ein anderer Kampfhund, du weißt, von wem ich spreche, konnte es verhindern. Dabei ging es ihm aber auch mächtig ans Fell."

„Du meinst, Rupp lebt noch?"

„Das weiß ich nicht", miaute die junge Katze. „Von der Kampfhundebande ist vermutlich nur noch einer am Leben."

„Die blaue Dogge? Hab ich recht?"

„Woher weißt du das?" Sandy war überrascht. „Stimmt jedenfalls. Nachdem dein Freund Die meisten Bestien zur Strecke gebracht hatte, wollte ihn die Dogge angreifen. Einer der inzwischen herbeigeeilten Menschen hat sie aber mit einem Betäubungsgewehr niedergestreckt. Wie gesagt, sie war nicht tot, nur betäubt. Die Männer haben sie an den Beinen und an der Schnauze gefesselt und ins Tierheim gebracht. Dort soll sie erst auf Tollwut untersucht und später eingeschläfert werden."

„Und Rupp?"

„Der ist zusammengebrochen. Ob er noch lebt, weiß ich nicht. Sie haben ihm seine Wunden verbunden. Der hat geblutet wie ein abgestochenes Schwein."

Bella Luna litt unter Sandys Worten, die sie ohne Mitleid aus ihr Mäulchen blubberte. „Wo ist jetzt Rupp?"

„Männer haben ihn ins Haus des Bürgermeisters getragen. Die Colliehündin, die auch etwas abbekommen hat, wedelte mit ihrem Schwanz, als hätte sie eine Batterie im Hintern. Der Sohn des Bürgermeisters hat geweint und immer wieder deinem Freund über den Kopf gestrichen. Vermutlich wird er jetzt von der Familie des Bürgermeisters aufgepäppelt. Falls er überhaupt noch lebt! Vielleicht stopfen sie ihn ja auch aus – für die Colliehündin." Die junge Katze kicherte.

„Ich rate dir, gut zu überlegen, was du von dir gibst", knurrte Bella Luna und ihr Blick verriet, dass ihr nicht nach Witzen zumute war. „Natürlich lebt Rupp noch!", zischte Bella Luna, ließ Sandy stehen und verließ den Spielplatz. Sie wusste jedoch selbst noch nicht genau, wohin sie gehen sollte. Fest stand, sie wollte in der Stadt bleiben und versuchen, an Rupp heranzukommen, um ihn zu überzeugen, mit ihr fortzugehen. In Symbiose einer glücklichen Zukunft entgegen – an einem anderen Ort. Irgendwohin, wo es keine Vorurteile gegenüber einem Kampfhund und wo es auch keine Vorurteile gegenüber der Freundschaft oder gar der Liebe zwischen einer Katze und einem Hund gab. Wo dieser Ort zu finden sein würde, wusste Bella Luna allerdings auch nicht. Nicht einmal ihre hellseherischen Träume konnten ihr darauf eine Antwort geben.

Sie überlegte, wo sie die Nacht verbringen könnte. An diesem Tag lohnte es sich nicht mehr, etwas zu unternehmen, denn allmählich begann es, zu dämmern. Sie dachte an ihre letzte gemeinsame Nacht mit Rupp. Als sie so an ihren Freund dachte, fiel ihr auch ein, dass sie beide diese Nacht in der Blockhütte im Wald verbracht hatten. Dieses Heulager wäre wohl auch die Lösung, wenn es um die Unterkunft für die kommende Nacht ginge.

Bella Luna entschloss sich also, sofort in den Wald zu gehen. Sie hatte die Hauptstraße bereits überquert und wollte durch eine der zahlreichen Gässchen zum anderen Ende der Stadt gelangen, wo sich die Äcker und Wiesen bis zum Wald hin erstreckten. Die Katze war müde und spürte ihre Beine kaum mehr. Sie konnte sich nicht erinnern, wann sie zuletzt eine so lange Strecke zurückgelegt hatte. Plötzlich sprang ihr ein schwarzer Kater vor die Füße. Er hatte auf einer Mauer gesessen, was die Katze nicht bemerkt hatte. Sie sah auf seiner Brust den kleinen weißen Fleck und wusste sofort, wer vor ihr stand: Casanova!

„Ein trauriger Tag für dich, stimmt's, Süße?", knurrte er. „Es tut mir ehrlich leid um deinen Beinheber!"

Bella Luna wusste, dass er log. Ihm war Rupp egal. Warum sollte Casanova auch Mitleid mit einem Hund haben? Bei ihr war das etwas ganz anderes. Sie mochte Rupp und sie vermisste ihn. Der schwarze Süßholzraspler wollte sich doch nur bei ihr einschmeicheln.

Weil Bella Luna schwieg, setze der Kater sein Geschwätz fort: „Was willst du in den nächsten Tagen tun? Willst du deinen Freund überreden, mit dir fortzugehen? Ich will dich davon nicht abbringen, aber bedenke, er ist ein Hund, ein, im Vergleich zu einem von uns, armseliger Beinheber!"

„Spar dir deine Worte, ich bin nicht in der Stimmung, um mit dir zu plaudern oder gar zu diskutieren", miaute die Katze. „Ich muss mich vor niemandem rechtfertigen. Vor dir schon gar nicht. Kümmere dich lieber um deine liebestolle Sandy. Und was ich vorhabe, das geht nur mich etwas an. Alles andere ist Mäuseschiss! Leb wohl!"

„Lass das Kätzchen aus dem Spiel. Die bekommt schon, was sie braucht. Bei dir ist das natürlich anders. An wessen starke Schulter kannst du dich mal anlehnen? Wer schenkt dir die Zärtlichkeiten, nach denen du dich sehnst? Doch auf keinen Fall ein Hund. Auch wenn er dein Freund ist, er bleibt ein Beinheber. Das setzt manchen Dingen eine knallharte Grenze."

Bella Luna wurde traurig und unsicher. Sie wich Casanovas Blicken aus. Vielleicht hatte der Kater sogar recht. Welche Zukunft gab es für Rupp und sie? Lebte ihr Freund überhaupt noch? Und wenn er es tat, warum sollte er sich nicht in die Colliehündin verliebt haben? Der schwarze Kater tippelte ganz dicht an Bella Luna heran und rieb seinen Kopf an ihren. Sie wich kurz zurück, hielt dann aber inne und ließ sich schließlich die Zärtlichkeiten Casanovas gefallen.

„Komm mit, ich gebe dir die Wärme und Geborgenheit, nach der du dich sehnst", schnurrte der Kater. „Auch, wenn es nur für eine Nacht ist."

Bella Luna war verzweifelt, wusste nicht, was das Richtige war. „Wohin?", fragte sie nach einigen Augenblicken.

„Lass uns in den Bauwagen am Spielplatz gehen. Dort waren wir doch schon einmal", schlug der Kater vor, leckte sich über seine Lippen und seine langen Barthaare wippten.

„Auf keinen Fall in den Bauwagen", sagte Bella Luna in einem sehr ernsten Tonfall, der auch keine Widerrede zuließ. „Dort treibt sich deine kleine Sandy herum." Außerdem wollte sie nicht die Nacht mit dem Kater an einem Ort verbringen, wo ihr bis dahin bester Freund so schwer verletzt worden war, dass er womöglich nicht mehr lebte. Nein, das wollte sie Rupp nicht antun.

„Von mir aus", gab der Kater nach. „Wir können uns auch hier irgendwo ein geschütztes Plätzchen suchen. Wärmen werden wir uns gegenseitig. Da bin ich mir sicher. Du weißt, Casanova ist nicht nur Name, sondern auch Programm."

„Komm mit!", sagte Bella Luna forsch. „Ich kenne am Stadtrand in der Nähe einer Wohnsiedlung eine Scheune. Dort können wir die Nacht verbringen."

Casanova und Bella Luna liefen schweigend nebeneinander her. Er knurrte vor sich hin, während sie ihren Gedanken nachhing. Die Katze wusste nicht, ob es gut war, sich mit diesem Charmeur einzulassen. Allerdings war sie auch froh darüber, gerade jetzt jemand zu haben, um nicht allein sein zu müssen.

Bella Luna hörte in der Ferne einen Hahn krähen. Sie hatte in dieser Nacht kaum ein Auge zugemacht. Die Müdigkeit steckte ihr in den Knochen. Dennoch war es eine sehr schöne Nacht gewesen. „Dieser Kater trägt seinen Namen zu recht", dachte sie sich und sah zu ihm. Sein tiefer Atem ließ seinen Körper gleichmäßig heben und senken. Dennoch hatte die Katze auch ein ungutes Gefühl im Magen. Es war so etwas wie ein schlechtes Gewissen. Schlimme Gedanken nisteten sich ihr ins Gehirn. Vielleicht war Rupp sogar in dieser Nacht seinen Verletzungen erlegen? Hätte sie nicht in seiner Nähe sein sollen, statt die Nacht mit Casanova zu verbringen?

Bella Luna verließ die Scheune. Noch war es dunkel. Am Himmel zwinkerten Tausende Sterne der Katze zu. Es war klirrend kalt. Ihr Atem verließ als kleine Wolken ihr Mäulchen. Noch immer behauptete sich der in seinen letzten Zügen liegende Winter. Die Katze nahm sich vor, sich während der nächsten Tage in der Nähe des Stadtparks aufzuhalten. Vielleicht gab es eine Möglichkeit, etwas über Rupps Zustand in Erfahrung zu bringen. Eventuell konnte sie ihn sogar sehen, wenn es ihm wieder besser ging und er das Haus des Bürgermeisters verlassen konnte. Sonst hatte sie immer vorhergeträumt, was sich ereignen würde. In der letzten Nacht allerdings hatte sie gar nichts geträumt.

„Da bist du ja schon wieder!", fauchte eine Katze die erschrockene Bella Luna an.

„Sandy, was machst du hier?", erkundigte sie sich.

„Ich suche die ganze Nacht lang meinen Liebsten, du weißt schon, Casanova! Hast du ihn gesehen?"

Bella Luna überlegte einen Augenblick, was besser wäre – die Wahrheit zu sagen oder die junge, verliebte Katze zu belügen. Irgendwann würde sie es ja doch erfahren, was sich in der letzten Nacht zugetragen hatte. Sie entschied sich für die Wahrheit. „Casanova und ich waren zusammen. Dort hinten in der Scheune!" Sie wies mit einer Kopfbewegung in die Richtung, aus der sie gekommen war.

„Du Miststück", zischte Sandy, „du willst mir meinen geliebten Casanova wegnehmen!"

„Den kann dir niemand wegnehmen!"

„Wieso nicht?" Die junge Katze hielt ihren Kopf schief und lauerte auf Bella Lunas Antwort.

„Niemand kann dir nehmen, was dir nie gehört hat! So, jetzt muss ich aber weiter. Übrigens, Casanova schläft noch. Du kannst ihn ja wecken gehen. Aber ich glaube, er ist noch ein wenig erschöpft!"

„Du Miststück!“, fauchte wieder Sandy, machte einen Buckel und ihr Fell sträubte sich in alle Richtungen. „Er liebt mich!“

„Casanova liebt alles, was bei drei nicht auf einem Baum ist! Wäre ja auch schade, wenn er nur für eine Katze zu haben wäre. Er ist unter allen Katern, die ich kennengelernt habe, und das waren nicht sehr wenige, ein echter Diamant!“ Jetzt konnte Sandy sich nicht mehr zurückhalten. Sie fuhr ihre Krallen aus und sprang Bella Luna fauchend an. Noch bevor sich die angegriffene Katze verteidigen konnte, hatte sie bereits die Krallen ihrer Rivalin zu spüren bekommen.

„Lass mich in Ruhe!“, fauchte Bella Luna und versuchte, sich gegen die hysterischen Angriffe der jungen Katze zu schützen.

Weil Sandy in ihrer grenzenlosen Wut nicht aufhören konnte, Bella Luna zu traktieren, wich die zurück, um dann ihrerseits gezielte Schläge auszuteilen. Ein lautes Fauchen und ein quieksendes Geschrei waren weithin zu hören. Bella Luna und Sandy verschmolzen zu einem einzigen Katzenknäuel. Sie wälzten sich auf der kalten Erde, schlugen, kratzten und bissen sich. Bella Luna gewann immer mehr die Oberhand. Sie war geschickter, durchtrainierter, ausdauernder und auch kräftiger als die junge Katze. Sandy musste viel einstecken. Jedoch gelang es ihr, sich aus ihrer misslichen Lage zu befreien. Sofort suchte sie das Weite. Dabei giftete sie eine Kanonade Schimpfwörter über Bella Luna in den Morgenhimmel. Sie unterließ es jedoch, in die Scheune zu gehen, um nach Casanova zu sehen. Bella Luna bemühte sich, flüchtig ihr Fell wieder in Ordnung zu bringen. Was ihr nur ansatzweise gelang.

„Man soll die Nacht nicht vor dem Morgen loben!“, maunzte sie und setzte ihren Weg zum Stadtpark fort.

Dort angekommen, legte sie sich unter den Bauwagen. Sie glaubte, sogar Rupps Geruch wahrnehmen zu können. Vielleicht bildete sie es sich auch nur ein.

Endlich wurde es hell. Krokusse und Schneeglöckchen sprossen aus der Erde der Rabatten. Auf dem höchsten Ast einer noch immer kahlen Buche trillerte ein Amselmännchen seine schönsten Balzgesänge.

Vom Morgen bis zum Abend lag Bella Luna unter dem Bauwagen. Von ihrem Freund allerdings war nichts zu sehen. Doch ein Gefühl sagte ihr, dass Rupp noch am Leben war. Das war der einzige Grund, warum sie es, ohne etwas zu fressen und ohne etwas zu trinken, so lange an einer Stelle aushielt. In der Nacht fing sie sich ein paar umherirrende Mäuse, schlief etwas, nicht fest, schreckte zu jeder vollen Stunde beim Läuten der Kirchenglocken hoch und döste danach weiter vor sich hin.

So vergingen einige Tage. Während all der Zeit, die sie auf dem Spielplatz verbrachte, sah sie weder Rupp noch die Colliehündin und auch nicht Tim, den Sohn des Bürgermeisters, obwohl das Wetter zum Herumtollen im Freien einlud. Seit Tagen ließ sich kein Wölkchen am Himmel sehen. Die Luft war klar, kalt und trocken.

Eines Morgens hielt es Bella Luna nicht mehr aus. Sie wollte endlich Gewissheit. Deshalb nahm sie sich vor, um das Haus des Bürgermeisters zu schleichen. Vielleicht konnte sie dort etwas von Rupp entdecken oder wenigstens etwas von ihm hören. Die Katze kroch unter dem Bauwagen hervor und tippelte über den Spielplatz. Bella Luna glaubte nicht, ihren Augen zu trauen. Aus einiger Entfernung rannte ein Kater auf sie zu. Sie erkannte ihn sofort. Es war Adam, der Möchte-gern-Casanova, der schon einmal Sandy bedrängt hatte. Er lief direkt auf sie zu. „Na, du Köterliebchen, hast du nach deinem Beinheber Sehnsucht?", begrüßte er Bella Luna. „Oder gehörst du jetzt zum Herr der Casanovabräute?"

„Wenn du mich dumm anmachen willst, kannst du dich gleich wieder verziehen." Um ihm noch eins hinterherzugeben, fügte sie hinzu: „Übrigens, aus dir wird nie ein Casanova!"

Der letzte Satz verfehlte seine Wirkung nicht. „Entschuldige, es war nicht so gemeint. Ich bin zufällig hier vorbeigekommen."

„Natürlich, rein zufällig!", sagte Bella Luna und wie sie es sagte, klang es so, dass er bemerken musste, dass sie ihm kein Wort glaubte.

„Doch wirklich. Ich will mich auch nicht lange hier aufhalten", knurrte der dicke Kater. „Vor allem nicht hier in der Nähe des Hauses vom Bürgermeister. Sag mal, du scheinst das Neueste noch gar nicht zu wissen?"

„Was sollte ich wissen?" Bella Luna ahnte wirklich nicht, welchen Grund es geben konnte, um sich nicht in der Nähe des Hauses vom Bürgermeister aufzuhalten. „Nun spuck's schon aus!"

„Ich will es kurz machen", sagte Adam und es klang wie eine Drohung, dass es wieder etwas länger dauern könnte. „Also, im Tierheim haben sie die blaue Dogge untersucht und festgestellt, dass sie keine Tollwut hat. So weit, so gut! In der vergangenen Nacht wollten sie dann den kalbsgroßen Köter endlich einschläfern. Was soll ich sagen? Was denkst du, ist passiert?"

„Was weiß ich?", maunzte Bella Luna genervt. „Geht's mal ein bisschen schneller?"

„Ja, ich will nur nichts Wichtiges weglassen. Jedenfalls haben sie diesen gefährlichen Beinheber aus seinem Käfig geholt. Was denkst du, ist passiert?"

„Er hat einen dieser Tierheimmenschen gebissen!"

„Das ginge ja noch. Nein, das heißt vielleicht doch. Jedenfalls ist er ihnen entwischt. Ist doch klar, was der jetzt vorhat!"

„Und das wäre?", stutzte die Katze.

„Der wird sich zu deinem Freund auf den Weg machen, um ihm den Rest zu geben. Falls der überhaupt noch lebt. Die Bande der blauen Dogge muss ihn ja übel zugerichtet haben, erzählt man sich!"

Bella Luna schwieg eine Weile. Sie überlegte, was zu tun sei.

„Du könntest dich mir gegenüber für die Information ein wenig erkenntlich zeigen!", schnurrte Adam, wiegte seinen Kopf hin und her und verdrehte seine Augen. „Ich bin vielleicht sogar besser als Casanova!"

„Ich zeige mich doch dir gegenüber erkenntlich!", sagte die Katze.

„Wieso merke ich nichts davon?"

„Das ist es ja! Ich tue dir für deine Unverschämtheiten nichts. Also danke für die Neuigkeiten. Alles andere, was dir in deinem Erbsenhirn herumspukt, ist Mäusekacke! Und tschüss!"

Der Kater schwieg, schüttelte seinen Kopf und zog mit schleifendem Schwanz von dannen.

Die Kirchturmuhr der Stadt hatte neunmal geschlagen. Das allmorgendliche Konzert des Amselmännchens war verklungen und Bella Luna entschloss sich, um das Haus des Bürgermeisters zu schleichen. Dort wollte sie herausfinden, ob Rupp noch lebte. Wenn er dies tat, wollte sie sich bemerkbar machen, um ihn vor Little Blue Dog zu warnen.

Auf dem Spielplatz und dem weiten Gelände des Stadtparks war niemand zu sehen. So begab sich Bella Luna zu dem Haus des Bürgermeisters. Die Katze verließ das Gelände des Stadtparks und überquerte die Straße. Dieses Mal hatte sie zuvor nach links und rechts gesehen, ob auch kein Auto kam. Sie quetschte sich durch eine Lücke unter den kreuzförmig angebrachten Zaunlatten hindurch und lief auf das Haus zu. Sie konnte weder etwas erkennen, noch etwas hören.

Ihre Ohren lauschten unabhängig voneinander in alle Richtungen. Die Katze wollte eine Runde um das Haus laufen. Hinter einem Fenster an der Rückseite des Hauses sah sie Licht. Bella Luna schaute sich um. Weil aus keiner Richtung Gefahr drohte, sprang sie mit einem Satz auf den Fenstersims.

Hinter einer grobmaschigen Gardine sah Bella Luna den blonden Jungen, erkannte die Colliehündin und entdeckte auch Rupp. Ihr wurden die Augen feucht. Rupp, ihr Freund, lebte. Die Menschen hatten ihm einen Verband angelegt. Dieser verlief von der linken Schulter quer über die

Brust nach unten, hinter der rechten Schulter nach oben und über seinen Nacken wieder zum Ausgangspunkt an der linken Schulter zurück.

„Wie kann ich mich nur bemerkbar machen", grübelte die Katze. „Und wie wird Rupp reagieren, wenn er mich erblickt?"

Noch wollte Bella Luna ausharren. Vielleicht bot sich eine günstige Gelegenheit, um sich zu erkennen zu geben.

Die Katze sah, wie Rupp von dem blonden Jungen, für den ihr Freund sein Leben riskiert hatte, gehätschelt wurde. Das störte sie nicht. Aber als sie sah, dass die Colliehündin ihren Freund mit ihrer Zunge abschleckte und überall an ihm herumschnüffelte, wurde die Katze zornig.

„Bella Luna, bleibe ganz ruhig", knurrte sie leise vor sich hin. „Das sind zwei Schwanzwedler! Wenn die zwei ein Paar werden sollten, wäre es schließlich normaler, als würden Rupp und ich ein Paar abgeben", dachte Bella Luna und wurde traurig. „Warum tue ich das hier eigentlich? Was geht mich das Schicksal eines Hundes an? Wir passen nicht zusammen: Hund und Katze, nicht normal!"

Bella Luna sprang vom Fensterbrett. Sie entdeckte einen kleinen Stall. Seine Tür stand offen und eine Stahlstange, von der ein Ende in der Erde steckte und mit dem anderen Ende unter einer Querleiste der Tür klemmte, verhinderte, dass sie wieder zuging.

Die Katze sah sich um und betrat den Stall. Die Wand gegenüber der Tür war mit zahlreichen Kaninchenkäfigen zugestellt. Unter der untersten Käfigreihe mit eingesperrten Möhrenfressern war aber so viel Platz, dass sich Bella Luna darunter verstecken konnte. Von dort aus war es ihr sogar möglich, die Haustür im Blick zu behalten. So lange Rupp im Haus blieb, bestand für ihn ja keine Gefahr, dachte Bella Luna. Und würde er das Haus verlassen, könnte sie sich sofort zu erkennen geben und ihn vor Little Blue Dog warnen. Deshalb beschloss sie, vorerst, in diesem Stall auszuharren. Ihre Erfahrung sagte ihr, dass es in so einem Stall auch Mäuse gab. Somit musste sie nicht einmal den Stall verlassen, wenn sich der Hunger meldete.

Bella Luna döste vor sich hin. Plötzlich hörte sie Hundegebell. Einen Augenblick später wurde die Haustür geöffnet.

Rupp hat ein Zuhause

Rupp hörte Menschen reden. Ein Stimmengewirr drang an seine Ohren. Alle sprachen durcheinander. Er konnte auch eine Hundestimme heraushören. Was er erst undeutlich und aus weiter Entfernung vernahm, wurde immer lauter und kämpfte sich in seine empfindlichen Gehörgänge. Der American Staffordshire Terrier spürte überall an seinem Körper Schmerzen. Die heftigsten kamen von seiner linken Schulter. Doch er wusste, dass er noch einmal mit dem Leben davongekommen war. Rupp öffnete seine Augen.

„Seht nur, er macht seine Augen auf! Ich hab es doch gewusst!", rief Tim, der blonde Junge und Sohn des Bürgermeisters, und klatschte vor Freude in seine Hände.

„Ja, toll, das mutige Hündchen ist wieder unter den Lebenden!", sagte eine Frau mit einer freundlich klingenden Stimme. „Da wird sich der Papa aber freuen, wenn er vom Rathaus endlich nach Hause kommt!"

Rupp sah, wie sich eine Frau über seinen Kopf beugte. Erst hatte er gar nicht gewusst, wo er war. Nun vermutete er, dass er sich im Haus des Bürgermeisters aufhielt und diese Frau dessen Gemahlin sein musste. Ein aufdringlich süßlicher Geruch ging von ihr aus und quälte seine empfindliche Nase. Er hasste Parfüm. Die Frau roch so sehr danach, dass der American Staffordshire Terrier vermutete, sie habe in der übel riechenden Flüssigkeit gebadet.

Plötzlich spürte Rupp, wie ihn eine Hundeschnauze an den verschiedensten Körperstellen berührte. Weil er sich vor Schmerzen kaum bewegen konnte, war es ihm nicht möglich, den Kopf zu drehen, um zu erkennen, wer es war. Jedoch vermutete Rupp, dass Layla, die Colliehündin, an ihm herumschnüffelte.

Plötzlich stand sie neben ihm. Rupp hatte richtig vermutet. Ihre braunen Augen glänzten und sie wedelte aufgeregt mit ihrem Schwanz. „Willkommen zu Hause!", bellte sie ihm zu. Rupp bedankte sich mit einem kurzen Gebell, was eher an das Heulen eines Wolfes erinnerte.

Der Junge streichelte den Hund, schmiegte seinen Kopf an dessen Wangen und wiederholte unablässig, dass der American Staffordshire Terrier ihm und seiner Hündin das Leben gerettet habe. „Darf er jetzt für immer bei uns bleiben?", wandte sich Tim an seine Mutter.

„Wir werden darüber mit Papa reden“, antwortete sie ihm. „Ich denke aber, dass er von nun an zu unserer Familie gehören wird. Darüber wird sich auch Layla freuen. Stimmt's, Layla?“ Die Colliehündin jaulte vor Freude und wedelte unablässig mit ihrem Schwanz.

Rupp hatte aufmerksam zugehört. Trotz seiner Schmerzen freute er sich über das Gesagte. Endlich ging ein Traum in Erfüllung: Er gehörte zu einer Familie.

Wenig später kam der Bürgermeister nach Hause und willigte ein, dass der American Staffordshire Terrier bei ihnen bleiben durfte. Das wären sie ihm schuldig, sagte er.

Die Familie des Bürgermeisters tätschelte ständig ihr neues Familienmitglied. Und Layla wich nicht einen Augenblick von dessen Seite. Immer wieder leckte sie Rupp das Gesicht ab, was der sich gerne gefallen ließ. Für Rupp waren allerdings die wenigen Stunden, die er wieder bei Bewusstsein war, sehr anstrengend gewesen. Endlich war es Abend und er hoffte auf einen erholsamen Schlaf. Dann wurde er von Tim aufgefordert, aufzustehen und ihm und Layla zu folgen.

Rupp gelang es unter unerträglichen Schmerzen, sich zu erheben. Der American Staffordshire Terrier durfte – so wie Layla seit ihrer Welpenzeit auch – in Tims Zimmer schlafen. Der Junge bestand darauf und seine Eltern gaben seinem Wunsch nach.

Nach dem Brei, den Rupp zu fressen bekommen hatte, eine Mischung aus gedünstetem Gemüse und Rindergehacktem, der ihm zwar nicht schmeckte, aber seinen Hunger stillte, wechselte die Frau des Bürgermeisters seinen Verband. Endlich, so hoffte Rupp, würde er in Ruhe gelassen werden und könne schlafen.

Seine Hoffnung erfüllte sich nicht. Erst wurde er noch von Tim geliebkost. Rupp wurde das allmählich zu viel. Die Frau des Bürgermeisters schritt endlich ein und forderte ihren Sohn auf, die Hunde in Ruhe zu lassen und einzuschlafen. Morgen sei auch noch ein Tag und der neue Hund würde ja bei ihnen bleiben.

„Wir wissen noch gar nicht, wie er heißt“, sagte Tims Mutter. „Du kannst dir ja mal einen Namen ausdenken!“

„Das werde ich!“, rief Tim begeistert. „Vielleicht nenne ich ihn Laylo. Das passt gut zu Layla. Aber das überlege ich mir noch bis morgen.“ Die Mutter gab ihrem Sohn noch einen Gute-Nacht-Kuss und verließ das Zimmer.

„Wie gefällt dir Laylo?“, fragte Tim seinen neuen Freund und kraulte Rupp unter dessen Schnauze. Der American Staffordshire Terrier befürchtete, dass dieses Tätscheln in den nächsten Tagen eine Fortsetzung erfahren würde. Und der Name Laylo gefiel ihm überhaupt nicht. Sein Fell sträubte sich bei dem Gedanken, in Zukunft so gerufen zu werden. Er schüttelte sich, dass ein paar Haare in die Luft wirbelten. Doch dieses Schütteln erinnerte ihn sofort wieder daran, dass er noch immer arg verletzt war. Ein stechender Schmerz durchfuhr seinen geschwächten Körper und ließ ihn wie vom Blitz getroffen zusammenzucken. Rupp legte sich vor das Fußende des Bettes. Kaum sackte sein geschundener Körper zu Boden, fielen ihm vor Erschöpfung und vor Müdigkeit die Augen zu. Der Junge schlief auch sofort ein. Für das Kind war es ein aufregender Tag gewesen.

Der American Staffordshire Terrier freute sich auf den Schlaf und döste vor sich hin. Layla legte sich neben ihn. Er spürte deutlich ihren heißen Atem auf seinem Rücken und die Wärme, die ihr geschmeidiger Körper ausstrahlte. Plötzlich begann die Colliehündin, Rupp zu lecken. Er spürte ihre Zunge auf seinem Rücken. Sie kroch umständlich auf die andere Seite, sodass sich beide Hunde gegenüberlagen. Sofort begann Layla, Rupps Gesicht abzulecken.

„Für mich bleibst du Rupp. Mir gefällt Laylo auch nicht. Schade, dass wir nicht mit den Menschen reden können. Es würde sehr vieles einfacher machen. Rupp, ich bin unendlich froh, dass ich von nun an und für immer mit dir zusammenbleiben kann!“, winselte Layla. „Seit unserer ersten Begegnung hoffte ich, eines Tages mit dir zusammenzukommen. Natürlich musste ich bei unserem ersten und auch beim zweiten Aufeinandertreffen meinen Tim verteidigen. Ich konnte nicht wissen, dass du nicht zu der Kampfhundebande gehörst. Jedoch gefallen hast du mir vom ersten Augenblick an. Deine Muskeln sind überwältigend. Du bist auf den ersten Blick nicht gerade der Hund meiner Träume, aber du bist etwas Besonderes. Das wusste ich sofort. Dein Einsatz, um den Jungen und mich zu verteidigen, ja, unser Leben zu retten, haben meine Vermutungen bestätigt. Du gehörst nicht zu den todbringenden Bestien. Nein, du bist einer von uns, einer von den harmlosen Hunden, die den Menschen gerne beistehen. Für meine Familie würde ich mein Leben einsetzen! Oh, mein Rupp, du darfst mich auch ablecken und an mir schnuppern.“

Rupp stöhnte. Er hörte ihre Worte bereits aus der Ferne. Er war dem Schlaf näher als dem Wachsein. Ihm war es wichtiger, zu schlafen, als lange, tiefgründige Gespräche zu führen. Er war erst seit wenigen Stunden bei Bewusstsein und noch immer litt er unter seinen Schmerzen. Dennoch antwortete er der Colliehündin. „Ich bin froh, von einer Familie aufgenommen worden zu sein. Außerdem mag ich dich. Doch eins steht auch fest: Es gibt noch keine Liebe zwischen uns. Ich mag dich, du gefällst mir, aber Liebe ist etwas anderes."

„Das ist mir egal. Ich bin jetzt drei Jahre alt und war noch nie mit einem Rüden zusammen. Rupp, mein Liebling, du brauchst einfach noch Zeit. Bald wirst du meine Zuneigung erwidern. Du kannst mit mir machen, was ein kräftiger, männlicher Hund mit einer Hündin gern machen würde. Wir dürfen nur nicht den Jungen wecken. Rupp, Ruppilein!", flüsterte Layla. Der erschöpfte American Staffordshire Terrier war eingeschlafen und hatte ihre letzten Worte nicht mehr gehört.

Seit dem folgenden Tag wurde Rupp von den Menschen seiner neuen Familie nur noch Schnuck gerufen. Den Namen hatte sich Tim ausgedacht. Rupp fand ihn noch schlimmer als Laylo. Am grausamsten empfand er diesen Namen, wenn dieser noch verniedlicht wurde, indem sie ihn Schnucki riefen. Für einen American Staffordshire Terrier war der Name Schnucki lächerlich und erniedrigend. Doch wie sollte er sich dagegen wehren?

In den nächsten Tagen heilten seine Verletzungen dank einer kühlenden Heilsalbe zusehends ab. Nur auf seiner linken Schulter klaffte noch immer eine tiefe Wunde. Die Frau des Bürgermeisters schmierte jeden Morgen und jeden Abend die Heilsalbe auf die Wunden.

Rupp konnte sich nicht beklagen. Er bekam gutes Futter. Seiner Meinung nach zu wenig Fleisch, aber er wurde satt und kam auch wieder zu Kräften. Dem American Staffordshire Terrier wurde von allen Familienmitgliedern sehr viele Zärtlichkeit und Zuneigung entgegengebracht. Am meisten jedoch von Layla. Sie leckte Rupp morgens wach, wich tagsüber nicht von seiner Seite und leckte und liebkoste ihn abends so lange, bis er eingeschlafen war. Anfangs gefielen ihm die Zärtlichkeiten sogar, die ihm Layla entgegenbrachte. Doch mit der Zeit hielt er sie für zu aufdringlich. Er war nicht bereit, ihre Zärtlichkeiten zu erwidern. Rupp liebte sie einfach nicht! Und jemandem das Gesicht lecken, als Beweis größter Zuneigung, konnte er nur, wen er mit ganzem Herzen liebte. Doch sein Herz blieb Layla noch immer verschlossen.

Tage waren vergangen, die Sonne schien ins Zimmer und der Frühling hatte endlich auch die letzten Reste seines Vorgängers vertrieben. Die Sonne unterstützte den Frühling dabei, so gut sie es konnte. Rupps linke Schulter schmerzte noch ein wenig, aber die Wunde war verheilt. Den American Staffordshire Terrier drängte es aus dem Haus. Er wollte endlich wieder frische Luft einatmen.

Endlich war es so weit. Eines Morgens sagte die Frau des Bürgermeisters zu ihrem Sohn und den beiden Hunden: „Heute, wenn Tim seinen Mittagsschlaf gemacht hat, dürft ihr drei Rabauken nach draußen. Schnucki.“ Sie sah Rupp streng an. „Du musst gut auf Tim und Layla aufpassen! Ich kann mich doch auf dich verlassen?“ Rupp wedelte zustimmend mit seinem Schwanz.

Das Wiedersehen

Bella Luna war aufgeregt. Das Hundegebell, das hinter der Tür des Hauses vom Bürgermeister zu hören war, ließ sich von ihr zweifelsfrei Rupp zuordnen. Sein tiefes Bellen ließ sich leicht vom hohen, fast jaulenden Gebell der Colliehündin unterscheiden. Die Katze spürte ihr Herz bis zum Hals schlagen. So aufgeregt war sie. In wenigen Augenblicken würde sie endlich ihren Freund wiedersehen. Sie wusste nicht, wie viele Tage vergangen waren, seit sie sich im Wald an der Blockhütte getrennt hatten. In diesem Augenblick wusste sie, dass es mehr war als Freundschaft, was sie mit diesem American Staffordshire Terrier verband. Ob es Liebe war, wusste sie jedoch immer noch nicht. Auf jeden Fall mochte sie ihn sehr und es war Sehnsucht, die diese Freude auf das Wiedersehen auslöste.

Die Tür wurde geöffnet. Zuerst trat die Frau des Bürgermeisters hinaus und sah sich um. Ihr folgte Layla, die übermütig herumsprang und ständig mit ihrem Schwanz wedelte. Dann war es so weit: Rupp kam heraus. Er trug noch immer einen Verband. Bella Luna war ein wenig geschockt. Rupp sah schmächtig aus. Sein Anblick erinnerte sie an ihr erstes Zusammentreffen an der Landstraße, als sie ihn an einem Apfelbaum angebunden vorfand.

„Ihr bleibt aber auf dem Spielplatz, bis ich euch rufe!“, ermahnte die Frau ihren Sohn und seine beiden tierischen Freunde. Weil kein Auto zu sehen war, forderte sie die drei Freunde auf, schnell die Straße zu überqueren. Der Junge und Layla rannten hinüber zur anderen Straßenseite, an der sich auch der Eingang zum Stadtpark befand. Links hinter dem Eingang war der Spielplatz. Layla sprang an Tim herum und bellte mit hoher Stimme ihre Freude über den lang ersehnten Aufenthalt im Freien aus sich heraus. Rupp lief gemächlich hinterher.

„Komm Schnucki, wir wollen zusammen spielen!“, rief Tim. „Ich habe extra meinen Ball mitgebracht.“

Bella Luna erschrak. Hatte sie richtig gehört? Nannten die Menschen ihren Freund Schnucki? „Oh, der Arme!“, dachte die Katze, die ungesehen die drei verfolgte. Sie kroch unter die Ligusterhecke, die den Spielplatz umgab. Von dort aus wollte sie erst einmal Rupp beobachten. Bella Luna war neugierig, ob er die Zärtlichkeiten, die von der Colliehündin ausgingen, erwiderte.

Tim warf den Ball weg. Sofort sprintete die Hündin hinterher und apportierte ihn. Rupp lag neben Tim in dem großen Sandkasten. Er hielt manchmal für einen Moment seine Augen geschlossen und schien die warmen Strahlen der Sonne auf seinem Fell zu genießen.

„Vielleicht überlegt er, was ich jetzt tue", wünschte sich Bella Luna, die sich noch nicht aus ihrem Versteck herauswagte. Stattdessen wollte sie dem Treiben in der Sandkiste noch ein wenig zuschauen. So konnte ihr nicht verborgen bleiben, dass Layla, kaum dass sie den Ball aus ihrer Schnauze vor Tims Füße fallen ließ, Rupp neckte. Immer wieder stupste sie den American Staffordshire Terrier mit ihrer feuchten Nase in die Seite. Richtete daraufhin Rupp sein Gesicht ihr zu, begann sie, es sofort abzulecken. Dies tat die Colliehündin so lange, bis der Sohn des Bürgermeisters den Ball wieder fortwarf.

Endlich erhob sich Rupp und lief an der Hecke entlang. Aber nicht in die Richtung, in der sich die Katze versteckt hielt, sondern in die entgegengesetzte Richtung. Sein Ziel schien der Bauwagen zu sein. So war es auch. Rupp legte sich unter den Bauwagen, der Bella Luna nur allzu vertraut war. Sie vermutete, dass es ihrem Freund in der Sonne zu heiß wurde und er den Schatten des Bauwagens bevorzugte. Die Katze schlich sich auf der anderen Seite am Spielplatz vorbei zum Bauwagen. Die Colliehündin und der Junge bemerkten sie nicht. Plötzlich hob Rupp seinen Kopf. Er konnte den Geruch seiner Freundin wahrnehmen, noch bevor er sie gesehen hatte. „Hallo, Rupp!", miaute sie leise. Obwohl Bella Luna schon viel hatte einstecken müssen in ihrem Leben, wurden ihr in diesem Moment die Augen feucht.

„Was machst du denn hier?", knurrte der American Staffordshire Terrier. „Ich dachte, du hättest in einer anderen Stadt das Glück gefunden, von dem du immer geträumt hattest. Schließlich bist du doch eine Hellseherin!"

„Sei bitte nicht so gemein zu mir. Ich bin schon an dem Tag zurückgekommen, als du den Kampf mit Little Blue Dogs Bande hattest. Leider kam ich zu spät, um dir helfen zu können."

„Und was willst du jetzt hier?"

„Rupp, sind wir keine Freunde mehr?", fragte Bella Luna und es schnürte ihr dabei fast die Kehle zu.

„Ich habe endlich das gefunden, wonach ich so lange gesucht hatte", sagte der Hund. „Es ist das Wichtigste, was es in einem Leben gibt: einer Familie anzugehören. Das heißt, einen Sinn im Leben zu haben, für andere da zu sein. Immer!"

„Rupp, du wirfst mir vor, dass ich fortgegangen bin. Erinnerst du dich, wie oft ich dich gebeten habe, mir zu folgen?“

„Lass es gut sein!“, bellte Rupp. „Jeder muss seinen Weg gehen. Außerdem sind wir zu verschieden für eine gemeinsame Zukunft. Hunde und Katze, nicht normal!“

„Schade, dass es so weit gekommen ist! Ich bin aber aus einem anderen Grund die letzten Tage nicht von dem Haus deiner neuen Familie gewichen. Doch ich weiß gar nicht mehr, ob ich das tun musste. So wie du jetzt bist.“

„Warum warst du so lange in der Nähe des Hauses des Bürgermeisters, was jetzt übrigens auch mein Haus ist?“, knurrte Rupp.

„Nun, da ich das Gefühl habe, dass es sinnlos ist, dich überreden zu wollen, mit mir doch noch von hier wegzugehen, werde ich wieder allein die Stadt verlassen. Nun ist es sicher, dass ich hier mein Glück nicht finden werde.“

„Warum hast du so lange vorm Haus gewartet, wollte ich wissen?“

Bella Luna überlegte eine Weile, sah zum Himmel und schüttelte etwas ihren Kopf. „Ich will es kurz machen. Schnucki möchte vermutlich gleich wieder zu seiner neuen Liebe. Aber du solltest wissen, dass sie Little Blue Dog nur betäubt hatten. Im Tierheim untersuchten sie ihn auf Tollwut. Die hatte er aber nicht. Kurze Zeit später wollten ihn die Tierheimmenschen einschläfern. Dabei ist er ihnen entwischt. Du kannst dir ja vorstellen, was er vorhat? Oder?“

Rupp schwieg erst eine Weile. „Danke!“, sagte er dann schließlich. „Ich werde auf mich aufpassen. Danke nochmals, aber um mich brauchst du dir wirklich keine Sorgen zu machen. Falls es mal zu einem Kampf mit Little Blue Dog kommen sollte, wird mir Layla beistehen. Falls ich ihre Hilfe überhaupt benötige. Ich fühle mich schon wieder stark genug, um keinem Kampf ausweichen zu müssen.“

„Du siehst zwar nicht so aus, aber du musst es ja wissen“, maunzte Bella Luna. „Dann lebe wohl. Und viel Glück mit deiner Hündin und deiner neuen Familie. Mir bleiben die Menschen suspekt, aber es müssen ja nicht alle Vierbeiner gleich sein, nicht gleich denken und nicht gleich fühlen. Zum Glück ist das so!“

Weil Rupp schwieg, wandte sich die Katze von ihm ab und verließ den Bauwagen, ohne sich noch einmal umzudrehen. Sie hatte den Spielplatz bereits verlassen, als sie in der Ferne hörte, wie die Colliehündin bellte: „Schnuckilein, komm doch zu uns. Du kannst dem Jungen doch auch mal den Ball holen!“

„Viel Spaß, Schnuckilein!“, knurrte Bella Luna und tippelte über die Wiese des Stadtparks. Dabei hielt sie Ausschau nach etwas Fressbarem. Sie dachte an einen Spatz oder eine Meise. Jedoch würde es auch eine Maus tun.

Die Kirchturmuhr läutete bereits dreimal. Bella Luna lag unter einem Rhododendronbusch und döste mit gesättigtem Magen vor sich hin. Zwei Mäuse hatten ihr Leben lassen müssen, damit die Katze weiter ihres hatte erhalten können. Plötzlich hörte sie aus der Ferne tiefes, dumpfes Hundegebell. Es mussten zwei große Hunde sein, die sich gegenseitig ankläfften, vermutete Bella Luna. Sofort sprang sie auf ihre Pfoten und hetzte durch den Stadtpark. Schlimme Befürchtungen trieben sie zum Spielplatz. Aus dieser Richtung war das Bellen der Hunde an ihre Ohren gedrungen.

Die Katze preschte unter Sträuchern und Hecken durch, ohne darauf zu achten, ob sie ihr Fell beschädigte. Sie spürte ihr Herz pochen. Sie hatte nicht genug Zeit, darüber nachzudenken, ob es für Rupp schlug. Bella Luna spürte nur eins – der American Staffordshire Terrier steckte in einer misslichen Lage.

Der letzte Kampf

Rupp sah seiner alten Freundin Bella Luna nach. „Sie hat recht", dachte er, „irgendetwas ist zwischen uns nicht mehr so, wie es noch vor einiger Zeit war." Der American Staffordshire Terrier hörte Layla rufen: „Schnuckilein, komm doch zu uns. Du kannst dem Jungen doch auch mal den Ball holen!" Plötzlich wusste er, was der Grund war, warum er nicht mehr so für Bella Luna empfand – es war Layla. „Ja, ich komme schon!", bellte er der Colliehündin zu und kroch unter dem Bauwagen hervor.

Tim hob den Ball auf und warf ihn wieder fort. Weil Layla stehen blieb, rannte Rupp zu dem Ball, nahm ihn in seine Schnauze und brachte ihn zurück zu dem Jungen. Dieses Spiel wiederholte der Sohn des Bürgermeisters noch einige Male. Er hatte Spaß daran. Immer wieder tätschelte der Junge die beiden Hunde, seine besten Freunde.

„Du gehörst schon so richtig zu uns!", bellte Layla, sprang zu Rupp und leckte ihm wieder das Gesicht ab.

Plötzlich hörte Rupp ein Knurren, das nichts Gutes verhieß. Der American Staffordshire Terrier wandte sich von Layla ab, drehte sich um und sah eine große, dunkelblaue Dogge, die sich zwischen zwei Sträuchern hindurchzwängte. Zuerst war nur ein mächtiger Kopf zu sehen. Nach und nach kam aber der ganze Kaventsmann zum Vorschein. Es war Little Blue Dog. Seine Lefzen waren leicht ergraut, was ihn älter aussehen ließ. Dennoch schien er in guter körperlicher Verfassung zu sein.

Der Sohn des Bürgermeisters erschrak, nahm seinen Ball fest an sich und rannte vom Spielplatz. Er lief aber nicht nach Hause, sondern versteckte sich hinter der Ligusterhecke, um zu sehen, was sich ereignen würde.

Auch Layla erkannte die Dogge. Sie winselte und bellte mit hoher, zittriger Stimme, dass Rupp ihr folgen solle. „Schnucki, ich habe Angst um dich!", winselte die Colliehündin leise, sodass es nur der American Staffordshire Terrier hören konnte.

„Ich kann nicht den Rest meines Lebens vor Little Blue Dog weglaufen", antwortete Rupp, ohne seinen Blick von der dunkelblauen Dogge abzuwenden.

Little Blue Dog kläffte Rupp entgegen. Dabei fletschte er seine messerscharfen Zähne und dickflüssiger Speichel tropfte von seinen Lefzen herunter.

Der American Staffordshire Terrier bellte mit gleicher Intensität und ging furchtlos einige Schritte seinem Gegner entgegen.

„Hör mir zu, du Katzenfreund!“, bellte Little Blue Dog aus voller Kehle. „Du hast meinen Bruder und ein paar gute Freunde von mir auf dem Gewissen. Endlich ist die Zeit gekommen, um mich dafür bei dir zu revanchieren. Eins ist dabei sicher: Nur einer von uns wird lebend von diesem Platz gehen. Und es wirst nicht du sein, du Schande für alle Kampfhunde!“

Rupp bellte seinem Gegner zu, dass er ihn nicht fürchte.

„Provozier ihn doch nicht noch!“, mischte sich Layla ein. „Schnucki, komm bitte, wir müssen daran denken, dass wir zu einer Familie gehören. Ich kann mein Leben keiner Gefahr aussetzen, die ich nicht heraufbeschwört habe.“

„Misch dich bitte nicht ein. Das ist eine Sache zwischen Little Blue Dog und mir!“, bellte Rupp sie an. „Geh mit Tim nach Hause!“

„Schnucki passt gut zu dir!“, bellte die blaue Dogge und grinste. „Du hast dein streunendes Katzenvieh wohl aufgeblasen? Oder sollte dieses langhaarige Etwas gar ein Hund sein?“

Layla presste ihren Schwanz zwischen die Hinterbeine und lief schweigend zu Tim. Rupp sah ihr nach. Diesem Augenblick der Unachtsamkeit nutzte Little Blue Dog und sprang dem American Staffordshire Terrier entgegen. Dem gelang es jedoch, noch rechtzeitig auszuweichen. Sonst hätte die Dogge ihre Zähne in seinen Hals geschlagen. So aber konnte Rupp seinen Biss an der Brust seines Gegners ansetzen. Blut spritzte. Doch der größere Little Blue Dog riss sich los und startete einen erneuten Angriff. Die Hundekörper klatschten gegeneinander, dass es weithin zu hören war. Die Dogge verbiss sich in Rupps Schulter. Der jaulte auf vor Schmerzen. Die muskulösen Hunde verschmolzen zu einem Hundeknäuel, kamen zu Fall und wälzten sich im Sand, der in großen Fontänen herumspritzte. Als beide Hunde wieder auf ihren Beinen standen, erwischte Rupp die blaue Dogge an einem Ohr. Little Blue Dog bellte vor Schmerzen. Dieses Bellen ähnelte dem nächtlichen Heulen eines Wolfes. Dennoch gelang es der Dogge, ihren Gegner am linken Bein zu fassen. Mitleidlos biss sie zu. Rupp winselte vor Schmerzen, knickte ein und stürzte zu Boden. Im Fallen erhaschte er einen Blick auf Layla. Sie sah hinter der Ligusterhecke stehend mit angstverzerrtem Gesicht dem Kampf zu, außer Stande, ihrem Freund zu helfen.

Little Blue Dog erkannte, dass sich Rupps Hals ungeschützt darbot. Würden seine messerscharfen Zähne die Halsschlagader des American Staffordshire Terriers treffen, bedeutete dies dessen sicheren Tod. Die blaue

Dogge wollte zubeißen, als ihr plötzlich etwas mit sehr scharfen Krallen auf den Rücken sprang. Die Dogge zuckte vor Schreck und Schmerz auf. Sie konnte sich nicht erklären, was sich in diesem Augenblick in ihrem Rücken festkrallte. Es half nichts, Little Blue Dog musste vom American Staffordshire Terrier ablassen und sich des unbekannten Angreifers erwehren. Aus diesem Grund ließ die blaue Dogge sich auf den Rücken fallen. So, als wollte sie sich im Sand wälzen.

Plötzlich war ein schrilles Kreischen zu hören. Schnell sprang die Dogge auf ihre Pfoten und sah sich einer Katze gegenüber. Nicht irgendeiner Katze, Little Blue Dog erkannte sofort das Katzenvieh, das seinen Gegner eine Zeit lang begleitet hatte. „Dir werde ich eine Lektion erteilen!“, bellte die blaue Dogge und biss die am Boden liegende Katze, die durch das Gewicht, welches sie fast erdrückt hatte, noch ganz benommen war, ins Genick. Die Katze schrie auf, konnte sich aber vor einem zweiten Biss mit einem Sprung zur Seite retten. Auf der Wiese sackte sie zusammen.

In der Zwischenzeit hatte sich Rupp wieder aufgerafft. Durch seinen Verband an der linken Schulter schimmerte ein großer, roter Fleck. Der American Staffordshire Terrier blutete auch an seinem linken Bein. Dennoch musste er sich wieder dem Kampf stellen. Taumelig lief er auf Little Blue Dog zu. Ein Blick zur Wiese ließ Rupp erkennen, wer ihm das Leben gerettet hatte. Es war wieder einmal Bella Luna gewesen.

Die blaue Dogge wollte die Unachtsamkeit seines Gegners ausnutzen und sprang gegen den American Staffordshire Terrier. Rupp durchschaute jedoch gerade noch rechtzeitig das Vorhaben von Little Blue Dog und rutschte ihm in die Beine, sodass dieser zu Fall kam. Ein dumpfer Schlag begleitete den Sturz der Dogge. Sie hob ihren Kopf und wollte nach ihrem Gegner sehen. In diesem Moment schlug Rupp seinem Kontrahenten seine Zähne in den Hals. Er traf dessen Halsschlagader. Wie aus einer Fontäne spritzte das Blut über den Sand. Die Dogge heulte auf, zuckte noch ein paar Mal am ganzen Körper und blieb reglos im Sand liegen.

Der Kampf war zu Ende! Rupp hatte Little Blue Dog endlich besiegt. Nun stand es fest: Es würde keine weiteren Kämpfe mehr geben. Doch stolz war er nicht auf sich. Der American Staffordshire Terrier hasste Gewalt und tötete nur aus Notwehr. Stolz konnte er auch aus einem anderen Grunde nicht sein: Allein hätte er vermutlich seinen Gegner nicht besiegt. Rupp sah zu Bella Luna, die noch immer im Gras lag. Er schleppte sich zu ihr. Dabei schmerzte ihn jeder seiner Schritte. Als Rupp vor ihr stand, versuchte die Katze, aufzustehen. Mit schmerzverzerrtem Gesicht gelang ihr es. „Ich danke dir, Bella Luna! Wieder einmal hast du mir das Leben gerettet. Dabei hast du dich selbst verletzt. Du hättest sogar dein Leben verlieren können. Zeig mir die Wunde!"

„Nicht der Rede wert!", maunzte Bella Luna. Doch schon ihre Stimme verriet, unter welchen Schmerzen sie zu leiden hatte. Sie versuchte, sich zu putzen.

„Du blutest im Genick!", bellte Rupp mitleidig.

„Die Wunde ist nur oberflächlich. Sie wird gleich aufhören, zu bluten. Übrigens, hinter dir kommen deine wahren Freunde."

Rupp wandte seinen Blick in die Richtung des Hauses seiner neuen Familie. Er sah, wie der Bürgermeister mit seinem Jagdgewehr in der Hand zum Spielplatz eilte. Neben ihm her lief seine Frau und fuchtelte mit den Armen in der Luft herum. Sie rief immer wieder etwas von Gott und Dank. Auch ein paar fremde Menschen waren gekommen. Sie beglotzten mit großen Augen den Kadaver der mächtigen Dogge. Tim lief zu seinen Eltern und erzählte ihnen wieder einmal, was sich zugetragen hatte.

Layla lief am toten Little Blue Dog vorbei zu der Wiese, wo sich Rupp und Bella Luna gegenüberstanden. „Komm, Schnucki, lass uns nach Hause gehen!", winselte die Colliehündin. „Es ist vorbei! Verabschiede dich endlich von dieser Katze. Du brauchst jetzt Hilfe."

Rupp wusste nicht, was er tun sollte. Gern hätte er Bella Luna um Verzeihung gebeten. Doch seine Schnauze blieb verschlossen.

„Geh nur!", versuchte die Katze, es ihm leicht zu machen. „Du musst nichts sagen. Geh zu deiner Familie. Dort gehörst du hin. Nicht zu einer sich herumtreibenden Katze. Vor allem ... nur Katze!" Sie wandte sich von den beiden Hunden ab, die für immer zusammenzugehören schienen, und lief langsam davon. Bei jedem Schritt zog sie ihren Kopf etwas ein. Ihr Genick schmerzte sehr. Noch mehr aber schmerzte dieser Abschied.

„Du kannst doch mitkommen zu der Familie des Bürgermeisters. Sie werden dich bestimmt auch aufnehmen", bellte ihr Rupp nach.

Bella Luna drehte sich nicht um, verließ den Spielplatz und entschwand hinter ein paar Sträuchern Rupps Augen.

„Lass sie doch!", wisperte Layla. „Sie ist nur eine Katze. Sie passt nicht zu uns. Außerdem braucht sie diese Art von Freiheit." Mit trüben Augen und unsäglichen Schmerzen schleppte sich der American Staffordshire Terrier zum Haus des Bürgermeisters.

An diesem Abend wurden von einem Tierarzt seine Wunden gereinigt und behandelt. Die desinfizierende Flüssigkeit, die er in die blutigen Verletzungen träufelte, verursachten Schmerzen wie sie Rupp bisher noch nicht kannte. Es war ein fürchterliches Brennen und ein Beißen. Später saßen alle um Rupp herum. Der Bürgermeister streichelte abwechselnd seiner Frau über den Kopf und Rupp über dessen kurzhaariges Fell. Tim, der Jüngste der Familie, kraulte den American Staffordshire Terrier unter der Schnauze und Layla lag neben ihrem Held und leckte ihm immer wieder im Gesicht, an den Ohren und an seinem Hals. Rupp konnte und wollte sich gegen die Zuneigungen nicht wehren. Er wollte nur schlafen. Alles andere nahm er kaum noch wahr. Der Doktor hatte ihm eine schmerzstillende Spritze verabreicht, die ihm auch das Bewusstsein ein wenig vernebelte.

Endlich forderte die Frau des Bürgermeisters ihren Sohn auf, schlafen zu gehen. Rupp hörte diese Worte wie aus weiter Ferne und freute sich darüber weit mehr als der Blondschopf.

Tim lag endlich in seinem Bett und Rupp und Layla am Fußende davor. Die Colliehündin drückte sich ganz eng an den American Staffordshire Terrier. Er war fast eingeschlafen, als sie ihm ins Ohr säuselte: „Schnuckilein, wenn du wieder ganz gesund bist, wünsche ich mir von dir ein paar Welpen." Rupp glaubte zu träumen. Hatte Layla wirklich gesagt, dass sie sich von ihm Nachwuchs wünschte? „Lass auch uns eine richtige Familie gründen", fügte die Colliehündin hinzu.

Rupp wusste nicht, ob er sich darüber freuen sollte. Ihn plagten in letzter Zeit Zweifel, ob er überhaupt dorthin gehörte. Wollte er eigentlich für immer ein Mitglied dieser Familie sein? Außerdem war er immer noch befremdet von Laylas Verhalten, als er und Little Blue Dog miteinander gekämpft hatten. Warum hatte sie ihm nicht beigestanden, als die blaue Dogge nur noch einen letzten, tödlichen Biss hätte machen müssen? Warum hatte ausgerechnet Bella Luna ihm das Leben gerettet und nicht Layla, mit der er für immer zusammenbleiben sollte und die nun sogar von ihm Welpen haben wollte? Sie gefiel Rupp sehr, aber reichte das aus, um für immer mit ihr zusammenzuleben? Gehörte nicht mehr dazu: Vertrauen, gegenseitige Achtung und auch gegenseitiger Beistand, wenn es mal schwierige Zeiten zu bewältigen galt? In sorglosen Zeiten ließ es sich gut miteinander aushalten, mit jedem. Bei all den wirren Gedanken, die ihm im Hirn herumspukten, schlief er ein. Rupp merkte zwar noch, wie ihn Layla ableckte, war aber selber zu keiner Reaktion mehr fähig.

Rupp hörte Layla und Tim im Zimmer herumtoben. Er hielt seine Augen geschlossen, um vorzutäuschen, dass er noch schliefe. Durch einen kleinen Spalt seiner Augen erkannte er wenig später, dass die Sonne schien. In einem breiten Strahl, den sie in Tims Zimmer schickte, tanzten unzählige feine Staubpartikelchen. Der American Staffordshire Terrier freute sich an diesem Morgen am meisten darüber, dass er keine Schmerzen mehr spürte. Vielleicht war es doch eine gute Medizin gewesen, die ihm gestern Abend der Doktor verabreicht hatte – schmerzlich, aber gut! Rupp war wieder in den Schlaf gesunken. Sein Körper war noch zu schwach, um mit den beiden Radaubrüdern herumzutoben. Plötzlich spürte der American Staffordshire Terrier eine sanfte Zunge ihn übers Gesicht lecken. Es konnte nur Laylas Zunge sein. Er öffnete seine Augen. Vor ihm stand die Colliehündin, beugte sich zu seinem Gesicht hinunter, leckte und hechelte. Rupp vermutete, dass sie unter starker Hitze litt. Jedoch war es etwas anderes. Sie suchte Zärtlichkeit, wollte von ihm geliebt werden. „Layla", knurrte der American Staffordshire Terrier, „der Junge ist noch im Zimmer. Ich bin auch noch gar nicht richtig wach. Außerdem muss ich in den nächsten Tagen erst einmal zu Kräften kommen!"

„Du liebst mich nicht!", bellte die Colliehündin, warf ihren Kopf zur Seite und ließ ihren Schwanz sinken. „Du stehst vielleicht doch mehr auf Katzen. Wäre zwar nicht normal für einen Hund, schon gar nicht für einen sogenannten Kampfhund, aber was soll's. Jeder andere Rüde würde sich geschmeichelt fühlen, wenn ich von ihm Welpen wollte. Zumal du kein Collie bist. Mein Nachwuchs wäre also nicht einmal reinrassig. Dennoch würde ich es mit dir tun. Sag, wieso willst du es nicht?"

Die Zimmertür wurde geöffnet und die Frau des Bürgermeisters kam herein. Ihr Gesicht war ein einziges Strahlen. „Na, ihr drei Rabauken, wollt ihr nach dem Frühstück hinaus in den Hof? Auch unser Schnuckilein? Geht es denn unserem Patienten wieder besser?"

Rupp gelang es, ohne Schmerzen aufzustehen. Er lief auf die Frau zu und ließ sich ihr Streicheln gefallen.

„Das sieht ja gut aus, Schnucki!", sagte die Frau des Bürgermeisters. „Da hat der Doktor wohl ein Wunder vollbracht. Komm, wir machen deine Verbände ab. Der Arzt hat gesagt, an der Luft würden deine Wunden noch besser heilen."

Rupp freute sich darüber, die Verbände loszuwerden. Seine Wunden sahen aber noch schlimm aus. Sie waren eitrig, gelblich und feucht. Beim Hinabgehen der Treppenstufen schmerzten sein linkes Bein und seine linke Schulter. Doch kaum hatte er die Treppe verlassen, waren auch seine Schmerzen verschwunden. Zufrieden fraß er sein Frühstück – eine Fleischpastete aus der Büchse. Es schmeckte Rupp nicht sonderlich gut, machte aber satt. Der Hund, der auf dem Etikett der Büchse glücklich aussah, so vermutete Rupp, hatte wahrscheinlich noch nie ein richtiges Stück Rindfleisch zu fressen bekommen oder einen mit saftigem Fleisch behafteten Knochen abgenagt! Layla schmatzte. Ihr schien das Büchsenfutter gut zu schmecken. Und Tim saß am Tisch und löffelte eine Vanillepuddingsuppe, deren Duft den Raum erfüllte.

Als alle drei mit dem Frühstück fertig waren, öffnete die Frau des Bürgermeisters die Tür zum Hof und ließ ihre drei Schützlinge hinaus. Dabei unterließ sie es nicht, diese zu ermahnen, nicht den Hof zu verlassen.

Während Tim mit seinem Ball spielte, kam Layla dicht an Rupp heran. „Bist du mir böse, wegen dem, was ich vorhin zu dir sagte? Es tut mir leid. Mein Fehler ist, dich zu sehr zu lieben."

Rupp hörte das Schlagen eines Buchfinken. Er sah in die Äste einer nahen Birke und erkannte ein schönes Buchfinkenmännchen. „Der hat es gut!", dachte Rupp. „Der hat seine Freiheit!"

„Hörst du mir überhaupt zu?", unterbrach ihn Layla. „Ich möchte jetzt auf der Stelle von dir wissen, ob du mich liebst, ob wir zusammen Welpen haben wollen? In der Familie des Bürgermeisters hätten wir doch alles, was wir brauchen! Und unserem Nachwuchs würde es blendend gehen!"

„Wir haben nicht alles, was wir brauchen!", knurrte der American Staffordshire Terrier.

„Was brauchst du denn noch außer Zuneigung und sogar menschlicher Liebe, die uns entgegengebracht wird? Wir haben zu trinken, zu fressen und ein Dach über dem Kopf!"

„Aber eins fehlt uns ... Vielleicht nicht dir, weil du nicht vermissen kannst, was du nicht kennst!"

„Und das wäre?", wisperte die Colliehündin.

„Unsere Freiheit!", bellte Rupp und atmete tief die frische Luft dieses Frühlingsmorgens ein.

„Wir sind frei!", entgegnete ihm Layla. „Außerdem kannst du doch froh sein, im Haus des Bürgermeisters aufgenommen worden zu sein. Gut, du hast ihren Sohn gerettet. Sie hätten dich aber auch in ein Tierheim abschieben können. Ich hätte erwartet, dass du dankbarer bist. Dankbar ihnen gegenüber, aber auch dankbar mir gegenüber!"

„Schon gut!", bellte Rupp. „Ich danke dir für alles, was du getan hast. Aber auch für alles, was du nicht getan hast ...!"

„Was stierst du denn ununterbrochen zu dem dummen Vogel in dem blöden Baum?", zischte Layla.

„Der Vogel hat mir etwas klargemacht!"

„Und das wäre?"

„Er hat mir vor Augen geführt, wie wichtig es ist, seine Identität nicht zu verlieren. Würde ich bei dir und der Familie des Bürgermeisters bleiben, tauschte ich meine Freiheit gegen einen zu hohen Preis ein."

„Und der wäre?"

„Ich würde bald nicht mehr ich selbst sein. Ich werde nicht vergessen, dass sie mir halfen. Aber ich würde nach einiger Zeit das Gefühl haben, zu ersticken, von ihrer und deiner Liebe erdrückt zu werden. Ich passe nicht zu euch!"

Die Augen der Colliehündin schienen zu blitzen. Ihre Zähne kamen zum Vorschein. „Dann verschwinde doch und bleibe, was du bist: ein Straßenköter, ein verblödeter Kampfhund. Wie konnte ich nur glauben, dass du der Richtige wärst, mit dem ich Welpen haben möchte? Deinetwegen habe ich Rassehunde mit edelstem Stammbaum ignoriert. Oh, wie blöd war ich!"

„Leb wohl!", bellte Rupp. „Ich wünsche dir ein gutes Leben bei den Menschen und ein glückliches Leben mit einem edlen Rassehund! Aber ich muss tun, was die Zeit zu tun gebietet!"

„Das streunende Katzenvieh suchen?"

„Vielleicht, sie hätte es verdient!" Rupp sah noch einmal zu Tim. Er mochte den Jungen, aber …

Der American Staffordshire Terrier verdrängte die Gedanken und begann, um das Haus zu laufen. Als er den Eingang entdeckte, rannte er darauf zu und übersprang mit einem Satz die kleine Eingangspforte. Die Schmerzen, die er dabei empfand, waren geringer als die Freude über die wieder zu erlangende Freiheit.

Was Bella voraussah

Rupp hetzte durch den Stadtpark. Er achtete darauf, nicht von den Menschen gesehen zu werden. Deshalb lief er immer hinter den Hecken entlang. Während er so lief, überlegte der American Staffordshire Terrier, wohin ihn sein Weg führen sollte. Ein erster Gedanke brachte ihn auf die Idee, dass es doch an der Zeit wäre, nach seiner Futternapfliebe, wie es Bella Luna einmal genannt hatte, zu suchen. Seit seinem Aufenthalt im Tierheim hatte er nichts mehr von Elise gehört. Er wusste nur noch, dass sie eine sehr schöne American Staffordshire Terrierhündin war und er sie sehr mochte.

Doch unvermittelt verschaffte sich ein anderer Gedanke immer mehr Platz in Rupps Hirn: Was war aus Bella Luna geworden? Irgendetwas – vielleicht gab es doch so etwas wie eine innere Stimme – sagte ihm: „Such nach Bella Luna, geh mit ihr in eine andere Stadt und werde mit ihr endlich glücklich. Auch wenn sie eine Katze ist. Lerne, dein Glück zu akzeptieren, und mache es nicht von der Meinung anderer abhängig!"

Der American Staffordshire Terrier beschloss, die Stadt zu verlassen und im Nachbarort nach der schönen Katze zu suchen. Sollte er sie dort nicht treffen, dann musste er eben den nächsten Ort anvisieren. Er wollte so lange suchen, bis er seine Lebensretterin wiederfinden würde. Plötzlich, als sei ein Nebelschleier von seinem Gehirn gewichen, sah er deutlich, was er eigentlich wollte: frei sein und zusammen mit Bella Luna glücklich werden. Auf jeden Fall wollte er unabhängig vom Wohlwollen der Menschen leben. Rupp musste sich eingestehen, so zu denken, hatte er von Bella Luna gelernt.

„Hunde kämen nicht auf solche Gedanken", dachte der American Staffordshire Terrier.

In diesem Augenblick der Erkenntnis, was er wirklich wollte, begann er, sich zu schämen. Sein Verhalten gegenüber Bella Luna hielt er für abscheulich, großkotzig und undankbar. Wie sehr hatte ihn die Schönheit der Colliehündin blind gemacht? Hoffentlich fand er die mutige Katze wieder. Er wolle alles tun, um sich bei ihr zu rehabilitieren.

Die Schritte des Hundes wurden immer schneller. Irgendeine Kraft schien ihn voranzutreiben. Rupp spürte keinerlei Schmerzen mehr, was ihn noch schneller werden ließ. Bald passierte er das Ortsausgangsschild.

Endlich konnte er die Stadt, die ihm und Bella Luna nicht das erhoffte Glück gebracht hatte, hinter sich lassen.

Es war ein herrlicher Frühlingstag. Eine kleine Herde Wolkenschäfchen zog gemächlich unterm tiefblauen Himmel entlang. Eine Lerche schien in der Luft zu stehen und gab ein Konzert. Die Strahlen der Sonne waren angenehm warm. Endlich gewannen sie an Kraft, die jeden Gedanken an den Winter verdrängen ließ.

Während Rupp neben der Straße herlief, fuhren immer wieder Autos an ihm vorbei. Einige von ihnen hupten. Der American Staffordshire Terrier zuckte jedes Mal zusammen, ließ sich aber nicht beirren. Er hielt es auch nicht für nötig, sich von der Straße zu entfernen.

Rupp erreichte die Stelle an der Landstraße, wo eine schmale Straße nach rechts zum Schrottplatz führte. Dort hatten Bella Luna und er die Kampfhundebande von Little Blue Dog belauscht. Plötzlich hörte er ein klägliches Gewimmer. Es hörte sich an, als käme es von einem Menschenbaby. Der American Staffordshire Terrier blieb stehen und versuchte, mithilfe seiner gut funktionierenden Ohren zu orten, woher dieses Geräusch kam. Langsam überquerte er die Seitenstraße. Rupp wusste, dass er in die richtige Richtung lief, denn das markerschütternde Gewimmer wurde immer deutlicher.

Auf der gegenüberliegenden Straßenseite befand sich ein Randstreifen aus Schotter. Dahinter kam ein kleiner Hang, an dessen Ende sich, noch bevor die Wiese anfing, ein Wassergraben befand, der aber kein Wasser führte. Der American Staffordshire Terrier wollte auf der anderen Grabenseite weiterlaufen, als sein Blick auf einen kleinen Busch fiel, hinter dem das Ende eines weißen Schwanzes zu sehen war. Rupp vermutete sogleich, dass es sich um einen Katzenschwanz handelte. Ihm begannen die Beine weich zu werden. Er kannte nur einen weißen Katzenschwanz: den Bella Lunas! Der American Staffordshire Terrier ging in den Graben zurück. Nicht vorsichtig genug, denn nun spürte er wieder die Stellen, wo noch immer seine nicht verheilten Wunden schmerzten. Vor allem im linken Bein und in seiner linken Schulter brannte es wie Feuer.

Das Gewimmer war verstummt. Im Graben lag der Länge nach eine getigerte Katze mit weißen Pfötchenspitzen. Rupps Blick fiel sofort auf den blutverschmierten Kopf. Langsam trat er an die Katze heran. Sein Herz schien ihm aus der Brust springen zu wollen. Der American Staffordshire Terrier senkte seinen Kopf dicht über den des verletzten Tieres. „Bella Luna? Bist du es wirklich, Bella Luna?“, fragte Rupp leise.

Die Katze versuchte, ihr Köpfchen zu heben, ließ es aber sofort wieder auf die Erde sinken. Nur mit großer Mühe und unter starken Schmerzen gelang ihr es, das Köpfchen so zur Seite zu drehen, dass Rupp es sehen konnte. Es war Bella Luna mit den zwei kleinen, schwarzen Flecken auf ihrer Stirn. „Es tut so weh!“, maunzte die Katze. „Vor allem wollte ich nicht, dass du mich so siehst! Was machst du eigentlich hier?“

Rupp hatte das Gefühl, ein sperriger Knochen sitze ihm im Hals und verhindere, dass er reden konnte. „Ich habe dich gesucht. Außerdem musste ich mir eingestehen, vieles falsch gemacht zu haben. Nun aber sage mir bitte, was dir geschehen ist!“

Bella Luna stöhnte und röchelte. Es dauerte eine Weile, bis sie all ihre Kraft zusammennehmen konnte, um zu reden. „Die Verletzung im Genick, die mir die Dogge zugefügt hat, war doch schlimmer, als ich es annahm. Jedenfalls war ich vor Schmerzen wie benommen. Ich hatte drüben am Flüsschen etwas Wasser getrunken und wollte die Straße überqueren ...!“ Die Katze schwieg eine Weile.

Rupp spürte, dass ihr das Reden nicht leicht fiel.

„Plötzlich kam ein Auto angerast, ich habe zu spät reagiert und es hat mich am Kopf getroffen. Ich purzelte über die Straße und rutschte schließlich den kleinen Abhang hinunter. Danach wurde mir schwarz vor Augen und ich verlor das Bewusstsein. Ich habe wahrscheinlich viel Blut verloren. Weißt du, mein liebes Hundilein, ich habe gewusst, dass mir das einmal passieren wird. Ich habe es geträumt. Und du weißt ja, ich bin eine Hellseherin.“

„Du wirst sicher auch geträumt haben, dass du wieder gesund wirst!“, bellte Rupp und streichelte sie sanft mit seiner Pfote. „Ich weiß jetzt, dass wir zusammengehören. Obwohl Hund und Katze, nicht normal! Dennoch gehören wir zusammen.“ Dem American Staffordshire Terrier fiel es schwer, die richtigen Worte zu finden. „Wir müssen nur unser Glück akzeptieren und es nicht von den Meinungen der anderen abhängig machen.“

„Ach, Ruppilein, für diese Erkenntnis ist es leider zu spät. Ich spüre, dass es mit mir zu Ende geht. Wirst du, wenn es mich nicht mehr geben wird, wieder zu Layla zurückkehren?“

„Nein, ich, ich werde ...“ Rupp fiel das Reden schwer. „Ich werde Elise, meine Futternapfliebe, so nanntest du es einmal, als ich dir von ihr erzählte, suchen.“

„Dabei wünsche ich dir viel Glück!“, keuchte die Katze. „Eins möchte ich aber noch: Ich möchte dir für alles danken, mein lieber Schwanzwedler. Es war schön, dich als Freund gehabt zu haben. Du warst in meinem

Leben mein einziger, wirklicher Freund." Bella Luna versuchte, zu lächeln.

Rupp beugte sich noch mehr über Bella Luna. „Du hast mir dreimal das Leben gerettet: Du hast mich vom Strick befreit, mit dem ich an den Apfelbaum gebunden war, du hast mich mit Futter aufgepäppelt und hast mir im letzten Kampf mit Little Blue Dog geholfen. Ohne dich wäre ich schon lange nicht mehr am Leben. Und jetzt kann ich dein Leben nicht ein einziges Mal retten." Die braunen Augen des American Staffordshire Terrier wurden feucht. Rupp beugte sich über den blutenden Katzenkopf und leckte Bella Luna so behutsam wie nur möglich übers Gesicht.

„Ich dachte", stöhnte die Katze, „das tust du nur bei jemandem, den du aufrichtig und innig liebst?"

„Das stimmt auch!", antwortete Rupp leise.

Bella Luna lächelte mit geöffnetem Mäulchen und schloss die Augen. Sie sah aus wie in den Nächten, als sie neben Rupp geschlafen und von etwas sehr Schönem geträumt hatte. Doch sie träumte nicht. Rupp legte seinen Kopf an ihren. Beider Wangen berührten sich und er spürte ihre Wärme.

Noch einmal maunzte Bella Luna leise auf – ein allerletztes Mal.

Buchtipp

Spicke Dickus & Co – Geschichten von ganz besonderen Tieren

ISBN: 978-3-86196-754-5
Gudrun Güth, Taschenbuch, 74 Seiten

Sieben Geschichten über ganz besondere Tiere zum Vorlesen oder Selbstlesen. Geschichten über Gefühle, Erfahrungen, Begegnungen, die teils lustig, teils traurig sind. Geschichten vom Anderssein und wie man damit zurecht kommt.

So trifft das zitronengelbe Schaf Elfe, das von allen gemobbt wird, zum Glück auf Falschzebra, das statt der üblichen Streifen Punkte hat und darunter leidet. Der mordsgefährliche Kampfhund Spike Dickus ist in acht bunten Episoden gar nicht gefährlich, hat aber eine Menge Gefühle. Die vier Kücks machen einen gemeinsamen Spaziergang über den Weyerberg und interessante Erfahrungen mit einem Königspudel, einem Drachen und sich selbst. Puschkin wird krank und kommt in den Hundehimmel. Das Schwein Knolle will zur Katze Hatschepsut auf die Mauer, ist aber für den Hochsprung zu dick. Fröschen, Vögeln und einem ganz besonderen Baum kann man in der Öko-KITA begegnen. Adil mag Weihnachten nicht, aber dann ...

Buchtipp

Mein Hund ... und ich

ISBN: 978-3-99051-028-5
Martina Meier (Hrsg.), Taschenbuch, 520 Seiten

Du hast die Möwen gejagt.
Du hast die Blockflöten gefressen.
Du warst meine treueste Begleiterin in schlimmer Zeit.
Du warst mein Engel mit Fell.

Wir haben sie gesammelt, die schönsten Geschichten über den besten Freund des Menschen, den Hund. Ob klein oder groß, Rassehund oder Promenadenmischung, all unsere Geschichten drücken die große Liebe ihres Besitzers zu seinem Tier aus und viele auch den Schmerz, den sie empfinden, wenn das Tier über die Regenbogenbrücke gehen muss. Manche Geschichten sind wahr, andere der reinen Fantasie entsprungen, einige wurde von ganz jungen AutorInnen geschrieben – wir sind sicher, dass sich jeder Hundeliebhaber in diesem Buch in irgendeiner Form wiederfinden wird ...

www.ingramcontent.com/pod-product-compliance
Lightning Source LLC
LaVergne TN
LVHW042259190726
843491LV00015BA/779

* 9 7 8 3 9 8 6 2 7 0 3 0 8 *